試みの地平線

〈伝説復活編〉

北方謙三

講談社

目次

試みの地平線〈伝説復活編〉

はじめに

これからの時代、男にとって大事なものはなんなのか。

金か、地位か、名誉か、家庭か、自分の愉しみか。選択の道はいくらでもある。どれを選択しようと、当人の勝手でもある。

八〇年代は、価値観が多様化し、それが熟れ肥り、ほとんど化膿したようになってしまった時代だった。化膿したまま、朽ち果てていこうとするものがある。俺はずっと、それを睨《にら》み続けてきた。それぞれの価値観が朽ち果てようとしているのではない。それを支えるべきなにかが、朽ち果てようとしているのだ。価値観が、そのまま価値観として通っていかない時代が、これから来るのではないかと俺は恐れる。

女のひと言で、価値観が変る。自らの価値観をそうやって変えることに、価値観を見出す小僧どもの群れ。そういう逆説的な価値観がまかり通る時代。つまり、男はさらに弱くはかない存在になり、さらに精神的に去勢され、自分が安全でいられる柵の中だけを求めようとする。羊の時代の到来である。いや、すでに精神的には羊の時代だったものが、はっきりと見えてしまう時代なのか。

羊は、羊毛を刈り取られるために生き、肉を食われるために生きる。それを、いま世に溢《あふ》れた物質が、ほんの少しだけ見えにくくしている。

騙《だま》されるな。おまえらが手にしている物質を、もう一度よく見直してみろ。それが、人が生きるために必要なものか。生きることの意味を、おまえらに教えてくれるものか。

いま男にとって必要なのは、ほんとうはなんなのだ。

男の誇り、自分が男であるということへのこだわり、痩《や》せ我慢。言葉で言えば、そういうものだろう。それが、言葉ではなく、自分の生き方のルールのようなものになった時、男はほんとうに自分に必要なものを獲得したと言える。

そこからならば、わかろうとすることは可能なのだ、自分が生きていることの意味を。考えるだけでいい。呟いてみるだけでいい。一度やってみろ、俺は男だ、と。そこから、絶対になにかがはじまる。ちょっとつらいが、新しいなにかを見つけることができる。

時代というのは、なんとなく、いつの間にか作られていくものだが、おまえらのような小僧は、一度は自分で時代を作ってみようと考えるべきなのだ。新しく見つけたなにかで、時代を作ってみろ。

ネッシーだの、アッシーだの、キャッシーだのという言葉が、女どもの間で流行した。いや流行ではなく、女が、そんなことを言っていられる時代を作ったのだ。誰のせいでもない。せっせとアッシーに精を出している、おまえらのせいではないか。

なあ、小僧ども。俺は、この本が男の時代の出発のために、ほんのちょっとでも役に立てばと思って、こうして出版する。俺は小説家なのだ。カウンセラーではない。それでも、小説以外の本をこうして出版する。

世の女どもの、嘲笑《ちょうしょう》と反撥《はんぱつ》を買うだろう。そんなものは、俺にとっては屁のようなものだ。昔から、女はそんなことに目くじらを立て、喚《わめ》き立てる動物だった。

俺がこの本を出版するのは、おまえらに、もっと深く、もっと友情をこめて、語りかけたいからだ。女など、うるさい時は張り倒せ。女がほんとうに悲しんでいる時、苦しんでいる時、困り果てている時、助けてやれる男であればいいのだ。それよりも、男の時代を作ってみろ。世紀末のこの十年間を、男の時代の出発点にしてみろ。

そのために必要なのが、俺は男だ、という思いだ。

不良になれ。不良とは、自分にはめられようとする枷《かせ》を、拒絶する者たちのことだ。自分の意志で、あえて苦しい道を選ぼうとする者たちのことだ。偏差値を蹴っとばすのもいい。偏差値に命をかけるのもいい。それを、自分の意志でやるのだ。

不良をやれ、小僧ども。俺は中年の不良で、小説家としてしか世の中に受け入れてもらえないが、精一杯やって、充実している。なんとか生活もしていける。正直に言うと十年前、俺は自分で自分の口を糊《のり》することもできない、惨《みじ》めな不良だったのだよ。そして、惨めな不良のままで人生を終ってしまう可能性の方が、成功するよりずっと高いと思っていた。

運がよかったさ。運が悪ければ、どこかでくたばればいいんだという開き直りはあったが、それでもいま、あのころを思い出すと背中に冷や汗が流れる。

そういう俺がこんなことを言っても、運よく危機を摺《す》り抜けてきた人間だから言えることだ、と笑われるかもしれない。だが俺は思うのだ。運がよかろうと悪かろうと、俺はおまえらにむかって言える立場にあり、それならば言うのが俺のルールだとな。

笑いたいやつは笑え。憤りたいやつは憤れ。その代り、思いきり笑えよ。力のかぎり憤れよ。俺は俺で、力のかぎり道化を続けよう。


この稿を書きながら、俺はこの数年をふりかえった。

俺に、忸怩《じくじ》たる思いはなにもない。気障《きざ》なことを言い過ぎたかな、という恥ずかしさも捨てている。

だから、おまえらの番なのだ、小僧ども。

俺の眼の前に、おまえらの時代を作ってみせてくれ。俺がうつむき、沈黙することしかない時代を、作ってみろ。

タイトルである、地平線の意味を知っているか。俺がそこにこめたメッセージを、知っているか。心に抱いた地平線。そこにむかえ。それを目指して歩き続けろ。

行き着いた時、地平線はそこにない。当たり前のことさ。地平線というやつは、いつだって同じ遠さで、どこまでも人の前にある。まして、心に抱いた地平線はな。

そこにむかって歩くことは、徒労と言ってもいい。しかし、その徒労こそがなにかを生むことを、俺は知っている。

おまえらがいっせいに、いやそれが無理としても、おまえらのうちのおまえが、地平線を目指して歩きはじめるだけで、時代を作る予兆にはなるのだ。

さて、俺はそろそろ小説を書くことにする。

俺は俺で、俺の時代を作らなければならないのだ。そしてそれは、小説でやるしかない。九〇年代を、どう作るか。これは俺とおまえらの勝負だな。俺は、おまえらに負けるとは思っていない。俺の作った時代の中で、おまえらは借りてきた猫のように大人しく生きればいいだろう。

それとも俺を、おまえらが作った時代が弾き出してしまうか。

愉しみにしてるぜ、勝負を。

そしていつか、お互いの闘いについて、語り合おう。

一九九〇年九月　友情をこめて

（一九九〇年一一月刊『続　試みの地平線』より再録）

第一章

ソープへ行け！

性の悩み（初級編）に関する問答

試みの地平線

地平線をめざすのは、愚かなことなのだろうか。地平線のむこうには、さらにまた地平線がある。行きつく果てなき旅。それが人生だと断言するほど、俺は年齢を重ねてはいない。ただ立ち止まり砂に埋もれるより、歩くことの方に意味があると思っているだけだ。

だから友よ。一度は地平線をめざして歩いてみようではないか。ひたすら歩くことで、男ははじめて自分の姿を知る。大きくもなれる。埋もれる前に、一歩を踏み出せ。俺は二歩、いや三歩、君たちよりさきを歩いている。そしてその分だけ、男には決して行き着くことのない地平線が必要なのだ、ということも知っている。

初体験をスムーズにすませる方法は？

北方さん、はじめまして。僕はいまだに童貞の17歳の学生です。僕は高校に入学してから2人の女の子と付き合いましたけど、いまだにやったことがありません。1人目の彼女とは約2年ぐらい付き合ったのですが、やりたくてもやれませんでした。2人目の彼女とは、つい最近付き合い始めたのですが、やっぱりできないまま別れてしまいました。女の子と付き合おうと思えば、いつでも付き合える自分ですが、いざやろうと思うと、やりたい気持ちはあるんですが、行動にはならないで終わる僕です。どうすればスムーズにできるか、教えて下さい。今あせっているので、早く教えて下さい。

（埼玉県　俺だよオレ　17歳）

俺は十七歳で童貞を喪《うしな》った。それで、ちょうどよかったと思う。十七歳、十八歳、十九歳——その間に**汚れたシャツ**は脱いでしまうね。というのは、欲望というのが抑圧されたままでオナニーに耽《ふけ》って、それで終わりにしてしまう。これはよくないと思うからだ。

さて君は十七歳で、同じ齢ぐらいの女の子を想定して悩んでいるようだが、**筆下ろし**はベテランとやったほうがいい、と俺は思う。知り合いの人妻だったら最高だが、その可能性はほとんどないだろう。ではどうするか？　ソープランドに行け。ソープランドのお姐《ねえ》さんに「俺は童貞だ。セックスというものを知りたいから教えてほしい」と言ってみろ。ほとんどの人は親身になって、熱心に教えてくれるはずだ。相手は三十歳でも四十歳でもいいじゃないか。むしろそういう人のほうが、セックスとは何か、ということをよく教えてくれる。彼女達にしても、それが仕事で、自分のエキスパートの部分を駆使して若い男にセックスを教えるというのが喜びになっているようなのだ。

とにかく今は、セックスができたという**実績**が大事なのだ。それで自信もつく。そのあとで、十七歳の女の子をくどいてみても遅くない。いや、そのほうが適当だろう。

童貞とヴァージンの組み合わせは、けっこうたいへんだぞ。俺はたまたま最初からうまくいったが、それでも二度目はできなかった。ソープランドに行ったよ。「二回目でだめになった」と言ったら、独得のテクニックで緊張をほぐしてくれて、ちゃんとやってくれた。それでよかったと思っている。

今、無理をして、同い齢ぐらいのヴァージンと、ことに及んだとして、もしだめだったらやばいぜ。最初にだめだと、エンエン後を引くからな。それこそ深刻に悩んでしまう。

愛情と合体した性欲の出し方は、もっとたってから**自分なりの流儀**を持てばいい。とにかく最初は、セックスをやったという実績をつくれよ。

どうしたらキスまでもっていけるか？

僕は17歳の高校生ですが、最近悩んでいることがあります。それはキスのことです。僕は高校生のうちに、キスくらいは経験しておきたいと思っているのですが、なかなかキスまでいくことができません。彼女はいいコですし、一緒に部屋にいて、ムードも盛り上がったりするのですが、そこからキスまでもっていけません。どうしたらキスまでもっていけますか？　よきアドバイスをおねがいします。

（富山県　まじに悩んでいる男　17歳）

訊いてみる。

悩むだろうな、わかるよ。女の躰を知らない奴がキスをするというのは、たいへんなことだよ。ここはひとつ、思い切った態度で臨め。「キスって、どんなものだろう」と相手に「俺は経験がない。してみないか？」とストレートに訊いてみる。君がつき合っている子だったら、そんなにすれていないだろう。だから直接、訊いても大丈夫だ。

もし相手がキスの経験があったら、「教えてあげよう」という気持ちになるだろう。女に付け入るというのは、そういう事を言うのだ。そして「教えてあげたい」と思うのが、女ってもんなんだよ。

仮りに相手もキスの経験がなかった場合はどうか。きっと相手も「どんなものだろう」

と思うにちがいない。そして「一回やってみようか」と思うはずだ。つまり、どっちに転んでもキスはできる。

さて、ファーストキスの心得を授けようか。まず最初は唇と唇を重ねてみる。そのうち必然的に舌を突っ込みたくなるよ。その時に、舌を突っ込むのは男の役目だ。突っ込むと歯が邪魔をするだろう。この場合も、舌先で、懸命に**こじ開ける**のも男の役目だ。舌と舌がくっつく。これは快感というものではない。しかし女との一体感のようなものはあるはずだ。それを経験して欲しいと思うな。そのためには率直になることだよ。

万が一、だめだったら、別の方法を考えろ。例えば、金を払えばキスを簡単にさせてくれる所があるから、そこに行ってみるとか。方法はいろいろある。

しかし俺は、君にとってのファーストキスは、今の彼女としてもらいたいな。「絶対に厭だ」と言わないかぎり、顔を近づけていけば、彼女は顔をそむけはしないさ。とにかく**やってみろ。**行動を起こさなければ、何も始まらない。それが俺のアドバイスだ！

女のアソコは気持ち悪いです

僕には1つ年下の彼女（16歳）がいます。彼女と最近AからBへと進展がありました。しかし、童貞の僕には全部初めての体験のためか、全然アレのよいところがわかりませんでした。知っているかぎりの知識で、体を愛撫したのですが、汚いとまで思ってしまいました。アソコの臭いもくさく、僕のモノは立つどころかしぼんだままでした。好きな彼女の裸を見ても興奮しなかった僕は異常なのでしょうか。本当に悩んでいます。

（岡山県　S・N　17歳）

これも、よくありがちな**袋小路**の悩みだ。はっきり言うが、女のあそこはきれいだと思えるまでには十年はかかる。十年すれば、あそこにも顔があって、いろんな表情があって、様々だなあ、とわかってくる。それまでは、女のあそこは、崩れていて醜いじゃないかという歳月が続くだろう。とにかく、**あと十年**はかかるとだけは言っておく。

だから君の持った嫌悪感や不潔感は、ごく健康的な感覚だ。初めてセックスする時は、あそこを**つぶさに**見てはいけないのだ。自分のモノがあそこに入っていったということだけに神経を集中すれば、それなりの快感があるだろうし、喜びもある。慣れてくれば、なんて汚いんだろうと思っていたものが、なんて可愛いんだろうと思うようになる。そうなればセックスも一人前といえるだろう。

いい機会だから、童貞の読者に**「腿《もも》尻《しり》三年胸八年」**という言葉を贈ろう。

女の子に厭がられずに、さりげなく腿や尻に触るのに三年かかる。胸まで行くには八年はかかるという意味だ。その伝でいけば、あそこから出る**汁をがぶがぶ**飲みながら、いいなあそこにむしゃぶりついて、あそこから出る**汁をがぶがぶ**と思えるまでは十年かかるのである。

どうしたらもてるようになるか

はっきり言って俺はもてません。ファッションやヘアスタイルなど、HDPを読んで研究し、最先端できめてるつもりなんだけど、女のコにもてない。俺には何が欠けてると思いますか？

（東京都　H・I　20歳）

頭の中身が欠けている。男というのは服でもなければ髪型でもない。ただひとつ、頭の中身である。肚《はら》のすわり方である。

髪型でいうなら、俺は中学一年の時から二十五年間、一度も床屋に行っていない。すべて自分で刈っている。だから後ろはめちゃくちゃになってるはずだ。理由？　小学生の頃、男なのにやたらまつ毛が長く、しかも上に向かってクルクルと巻いてたのだ。床屋の姉ちゃんに、「かわいいわね。私と取り替えて欲しいわ」と言われるわけだ、いつも。傷つくわな。で、中学に入ってからは、自分で**バリカンで**刈るようになった。それが続いているのだが、問題はそこにあるのではない。

ようするに、外見なんて気にする必要はないということだ。俺は髪はかっこよくはないかもしれないが自分で刈る。ジーパンで、ぞうりみたいなものを履いて**銀座**にだって出かける。それなのに、どうだ。女はたかってくる。男は一芸に秀でれば、黙っていても女はたかってくるのである。

やくざな男なのに別れられない私です

私はもう20歳なのですが、4年前に初体験した相手の男の人のことを、今もあきらめられません。当時の私にとって、車でおしゃれな店に連れて行ってくれたり、自由に生活していた4つ年上の人は、とても素敵に思えました。私はキスも、体に触れられることも、その彼が初めてでした。何ヵ月に1回突然電話してきて、会う程度でした。その後、ひとつ年上の優しい人とつき合ったのですが、最近ある事情で別れてしまったんです。2〜3日してから、なんと前のあの人が「久しぶりだね」って電話してきました。つい淋しかったので会ってしまいました。「初めての人」だし、このままじゃいけないって思いつつ、つい、ついて行ってしまいます。もうどうしていいかわかりません。北方さん、相談にのってください……。

（大阪府　T・T　20歳）

ドキッとしたね。ギクッとしたね。俺のつき合っている女の子が手紙を書いてきたんじゃないかと思ったぜ。俺もこの男と同じようなつき合い方をしてるからな。

そこで——。この**俺のような男**に対して効くのは、もてまくってると思わせるような男というか、ことだ。他人が欲しがっているものは、絶対に渡したくないという性癖が男にはある。

「もてちゃって困っているの」と女の子に言われれば、放っておけなくなる。それで一時的には、その男をつなぎ止めておくことができるはずだ。でもそれは所詮、技術的なことにすぎない。男と女の在りようを技術的なことだけで考えていると、いつかは破綻する。

また、**ズタズタになる**気持ちがあるなら、なりふり構わず追いかけるという道もあるかもしれない。そうやって男の本性を暴き、一度ズタズタになってみる。が、それも俺には得策とは思えないよ。

いちばんいいのは、その男をあてにしないことだ。スッパリと別れろ。もっと過激な意見を言ってしまうと、男をもっと知ることだ。**五人**まで、やってみる。すると男というのはセックスに関して、即物的で動物的だということがわかるはずだ。わかると同時に男というのはそれだけじゃないということもわかってくる。男の動物性と精神性は、まったく次元が違うものだということを、とにかく君は認識しないといけないね。苦しくても別れなさい。そして男をもっと知りなさい。

これを君の彼氏と同じようなことをしている**男の回答**としたい。

愛してるのひと言がどうしても言えない

俺は今、心の底から「愛してる」と言える女がいる。が、しかしだ。俺は190㎝、100kgのすげーデカくてデブな、ただの男だ。今までさまざまな女に恋したが、ほとんどふられた。だから臆病になってしまって告白できネー。もし告白して、その後、今のように仲よくやってる関係をつぶしたくない。デートはたまにする。でも言えない。3ヵ月考えても答えがでない。アドバイスもうれしいが、北方さんだったらどうするかを教えてほしい。

（東京都　バービーボイズ　17歳）

土曜日の男

具体的な戦略を指示すると、まずデートを定期なものにもっていく。例えば、土曜日は俺のためにとっておいてくれよ、土曜日デートしようぜ、と言う。映画を観に行くでもなんでもいい。とにかく毎週土曜日にデートするようになったら、土曜日の男という印象が彼女の中に植えつけられよう。で、三回や四回デートすれば、ただお茶を飲んで話をするだけじゃ、つまらなくなってしまうよ。それから先は方法とかなんとかじゃなくて、手を伸ばさなきゃだめだね。歩く時に肩に手を回すなりして、人がいない時にパッとキスをすると。そこで「愛してる」と言うのも手だし、そこで言えなかったらCまでもっていって「愛してる」と言えばいい。とにかく行動を起こすしかないのだよ。

肉体は持ってしまったものだから、どんなことをしても躰を小さくすることはできないわけで、**胆を大きくする**しかない。胆を大きくするには気持ちで持ったとしてもだめで、手を出そうとした時に、出せるか出せないか、キスをしようと思った時に、**できるかできないか。**少しずつ自分の躰を動かすことによってしか、実現はしないのだよ。

保証してやる。キスをしても、彼女は絶対に怒らない。ぎごちなくていいから、できるだけたいしたことはないと思いながらキスをする。唇にやりにくかったら、ほっぺたでもいい。チュッといたずらっぽくやって、女の子がククッと笑うようだったら、その次のデートの時には、もう一回ほっぺたにキスをする。で、「間違えた。今日はここじゃなかったんだ」と言って、今度は唇と唇でやるんだよ。絶対に怒らないって。

男が女に手を出せないというのは、女の子が本気で怒るんじゃないか、軽蔑するんじゃないかと思うからだ。ところが女なんていうのは、手を出されるのを待っている動物なのだよ。たとえ嫌いな男だとしても、素知らぬ顔をされるより、好きだと言われたいし、手を出されたいわけよ。手を出されて、受け入れる**躊躇《ちゅうちょ》せずに**手を出せ。――こんなか受け入れないかは、次の問題になってくるが、なことまで言わせるな！

女をいかせる方法をぜひ知りたい！

ボクは3ヵ月前に童貞を失いました。相手は高校時代のクラスメートで、処女でした。それから何回かSEXしたのですが、彼女はあまり気持ちよくないみたいなのです。北方先生、どうやったら彼女をいかせることができるでしょうか。教えてください。

（東京都　K・U　19歳）

君はエライ。よくぞ俺に質問してきた。ヴァージン、あるいはあまり男性経験のない女の喜ばせ方を教えてあげよう。

まず、そういう女の子の感じる部分は、身体の表面にあるのだ。そこで、軽く触ってみる。くすぐったがる部分があるはずだ。それを頭に入れておく。次に少し揉《も》むような感じで触れてみる。すると、身体がピクンとする所がある。これも頭に入れておく。で、十五分ぐらいしたら、くすぐったがる部分を**少し強く揉む**ね。その強さの加減は難しい。指先の魔術としか言いようがない。が、いちばん大事なのは、女を喜ばせようとする意志なんだな。その意志というのは何か？　というと、その女に惚れるってことよ。惚れた女を喜ばせたいと思う気持ちが強くなると、**指先に魔力**が籠るのだ。

舐《な》めに舐めまくる。ピクンとする部分を

ただし、たとえば胸だって、ちょっと触れば感じる女と、乳首を中心に触れば感じる女と、揉みあげないと感じない女と、押さないとダメな女と、いろいろあるわけだ。とにかくどういうタイプなのか確かめて、男性経験のそんなにない女は表面から攻めていく。そして中への入り口を見つけることが肝要である。

もうひとつ大事なことは、無理にいかせるなということだ。やさしく扱ってあげて、いかなくても感じる状態にさせておくだけでいい。その状態でつき合っていると、ある時に女の子はきっと、何か疑問を呈するようになるはずだ。「私、どうなってるの？」とか、**「なんなの、これは？」**とか、オルガズムに向う時が巡ってくる。その時は、そっと耳元で教えてあげればいいのだ。

「お前は今、女になろうとしてるんだぞ」って。そうすると、女はいけるのだよ。

では、女がいったという状態をどこで判断するか？　俺は足の指先を見ることにしている。足の指が**内側にギューッと**物を摑むがごとく曲がったのを見て、初めて、これは本当にいってるんだと思うわけだ。言葉でいくら「いく、いく」と言っても、どんなに背中を反りかえして、ギャーギャー叫んでも、足がドテッとしていたら、こいつはいってないと一方的に判断してしまう。ま、芝居しようとしたら足の指でだって芝居できるだろう。でも、足の指先まで演技するような女なら、俺はそれはいいと思うわけだ。

ペニスが小さいことで悩んでいる

私の悩みは、非常にペニスが小さいことです。平常時で4㎝くらい、縮んだ時は2㎝くらいしかありません。この前、会社の旅行で入浴した時、同僚のペニスを見たら、どれも私より大きくて恥ずかしくなってしまいました。普通、10㎝くらいだと雑誌に書いてあったので、自分ではとても気になって仕方がありません。SEXする時も、女の子は短いよりは長いほうがいいと思うだろうし……。北方先生、つまらない悩みかもしれませんが、ご意見を聞かせて下さい。

（K市　ほら吹き永尾明225　27歳）

おまえはSEXをしたことがあるのか。もしないのならば、すぐに**ソープに行け。**そして、「俺のものは小っちゃいか」と訊いてみろ。ソープの女の子たちは、何百本、何千本、下手をすると何万本という男のペニスを見ている。その女の子たちに、「俺のじゃダメか」と訊いてみろ。「多少の違いはあるけど、男のペニスなんてみんな同じよ」と答えるに決まっている。それが真実だよ。

俺が二十代の頃にも、おまえのような奴がよくいたよ。ものが小さいのが気になるらしくて風呂に入る時、いつもペニスを**擦《こす》ってきて、**最初は堂々と出しているんだけど、だんだん縮んでくると隠す奴もいた。馬鹿げたことだと思わないか。もし、そう思うのなら、おまえも気にするな。

男が問われるのは、ペニスの大きさではない。**金玉**の大きさだ。もちろん、象徴的な意味での金玉で、ぶら下がっている金玉じゃないぞ。その意味は、小僧どもみんなで考えてみろ。

初SEXの翌日、彼女が「別れよう」と言った

僕は13歳の中学生です。生意気といわれるかもしれませんが、僕には付き合って3ヵ月になる両思いの彼女がいます。その彼女に、昨日、「付き合ってもう長いから、一発やらないか」と言ってみました。すると、彼女は赤い顔で頷きました。3日後、僕は童貞を捨てました。ところが、次の日、彼女に、「もう一発」と言ったら、「もう別れよう」と言われてしまいました。僕は、その日からオナニー1日5回が基本になってしまいました。どうしたらいいのでしょうか？　教えて下さい。

（新潟県　サルのかわつるみ　13歳）

ふざけるんじゃねぇぞ！　要するに、彼女のことを好きか嫌いかという問題ではなく、**性欲**に振り回されているだけの話じゃないか。十三歳なら、これからもっともっと性欲に振り回されるだろう。少なくとも、この先五年間は地獄だ。こんな状態では、女をどんな目にあわせるかわかりはしない。

大体、「付き合って長いから、一発やらないか」なんて、十三歳の小僧が言うことか。おまえは、そこから間違っている。そんな恥ずかしいことを言うんじゃない。男と女というのは、もっと情愛深い言葉で愛し合うのが本当だ。おそらく、やり方も悪かったんだろう。もしかすると、彼女の**顔**にでもひっかけたんじゃないか。だから、「もう別れ

よう」などと言われるんだ。ましてや、おまえの場合、初めての経験だったんだろ。情けない童貞の捨て方をしたもんだな。童貞なんて、別に価値のあるもんじゃない。でも、もうちょっと違う捨て方があったんじゃないか。俺は、そう思うね。

頭を丸めろ。髪の毛を剃って、墨染を着ろ。墨染というのは、修行僧が着る衣のことだ。そして、一日五時間の座禅だ。一日五時間は座禅を組んで、無我の境地に入れ。少なくとも三ヵ月は、オナニーも禁止だ。おそらく、**夢精**をするだろう。その時は、夢精をしたことを反省して、また座禅を組む。そういうことを繰り返して、ある程度性欲を制御できる状態になったら、オナニーをすることを許可する。

いまのおまえには、ストイックな時間が必要だ。三ヵ月は長いかもしれないが、これからの長い人生からすればほんの瞬間みたいなものだ。三ヵ月間、非常にストイックな生活を自分に課してみろ。それから、もう一回、男と女とは何かということを自分なりに考えてみろ。さもなければ、おまえは一生性欲の虜《とりこ》だ。

鴨川市営
江見

第二章

男がいい奴だと思ったらいい奴なのだ

友情に関する問答

出会い

エイト・ボールというゲームがある。ビリヤードの話さ。いまプールバーなどで流行している、ナイン・ボールなど、そのゲームを安直にしたものだ。

アメリカ南部のクラクスデイルで、俺はひとりの黒人青年と友だちになった。エイト・ボールを誘われて、勝負をしたのさ。いい勝負だった。俺がファールなどをすると、うやうやしい仕草で椅子を勧めたりする。この一発で、という場面になった。どう考えても、俺の玉が邪魔をしている。まだ五分五分だ、と俺は感じていた。ところがその青年は、白い玉を無造作に突き、その白い玉は俺の玉をピンと跳び越えて、彼の玉に当たり、ポケットに沈めてしまったのだ。

実力の違いがありすぎた。ミシシッピの大会で、トロフィを奪ったこともあるという青年だった。俺は適当に遊ばれたわけだが、いやな気はしなかった。最後の最後に、ちょっとだけ実力を見せた。その時の青年の顔が、無邪気な喜びに満ちていたからである。一緒に酒を飲み、技をいくつか教えて貰った。

アメリカの田舎街での、小さな出会いの話さ。ちょっと、おまえらに語ってみたいような話だった、というにすぎない。

ボクは登校拒否です

僕はいわゆる登校拒否で、高校を留年してしまいました。でも大学はどうしても行きたいと考えています。大検も考えましたが、住んでいる所が田舎なので、予備校がありません。独学でやろうと思っても、ぜんぜんはかどりません。そこで1年遅れで高校に戻ろうと思います。そう考えると、大学のことは楽なのですが、ひとつ年下の奴らとうまくやっていけるかどうか心配です。どうも悲観的に考えて、気が滅入《めい》って仕方ありません。あと3ヵ月も時間があります。どうすごせばいいのでしょうか。

（京都府　T・O　16歳）

なぜ登校拒否になったのか、その理由はわからないけれど、まず自分のやりたいことが何なのか、ということを最初に持ってくる。君の場合は、「大学に行きたい」ということのようだ。で、自分で勉強ができない。予備校もないと。しょうがないので一年遅れで高校に戻ろうと考えたわけだ。だったら、一年下の奴らとうまくやるしかないだろう。選択の余地はないよ。自分のやりたいことがそこにあるのならば、耐えるしかない。君の場合、悩めば悩むほど深刻になっていく性格のようだ。もしかしたら、その深刻に考えるような性格が登校拒否を生んだのではないかと推察する。はっきり言うが、このままではまた登校拒否になってしまうぜ。じゃあ、どうするか？

これは君自身の問題でしかない。君が解決するしかない。俺がしてやれることは、何もないと言っていいだろう。ただし、ひとつだけアドバイスしてあげるとしたなら、それは**友達を作れ**ということだ。相手が年下でも友達は作れるはずだ。

俺の同級生にも、一つ年上の奴がいたよ。外国の学校に行っていたために、戻ってきたら一学年下のクラスに入れられた奴だった。以前は「××さん」と呼んでいた人を、今度「××」と呼び捨てにしていいものかどうか、俺もずいぶん迷った。迷ったけれども、ある時に「××」と呼んだら、向こうも「なんだい?」と平気に答えてくれた。それからは、わだかまりなくつき合えるようになった。こっちも気にしなかったし、向こうもたいして気にしなかった。そのことがうまくいった原因じゃなかったかと思う。

さて君の場合だが、今のように、どうしようどうしよう、と気にしてしまうことがいちばんいけないのだ。気の病なのだ。それを克服する方法として、友達を一人か二人作れよ。そいつらと、**呼び捨て**で呼び合え。年下でも同級生なんだから、不思議ではない。そのあとは自分で考えろ。こうした問題は、他人に相談して解決できはしないのだよ。大丈夫。春は近いぜ。

世の中は金がすべてだと思う

ある人は友情こそ人生でもっとも大切なものであるといい、ある人は健康であれば貧しくてもかまわないという。でも結局のところ、金じゃないか。金さえあれば、ほとんどのものが手に入る。この考え方をどう思いますか？
（東京都　J・S　大学2年生）

まさしく正論である。金さえあればなんでもできる。金を積めばなんとかなる女もいっぱいいる。金を獲得することが、人生を獲得することだと言っても過言ではないぐらいだ。

ただひとつだけ問題がある。遣い方だ。遣い方を知らなければ、金を獲得するだけの人生で終わってしまう。これはつまらない。が、だいたい金を獲得する奴は、遣えないんだな。逆に獲得できない奴は、遣い方が上手で、入ってくるそばから遣っていく。

俺は自分のために遣う金だったら、ドブに捨てたっていいと思う。そんなことは自分の勝手だ。ただし、気をつけないといけないのは、他人のために金を遣う時だと思う。

金というのは、**ただの紙っぺら**よ。紙っぺらだけど、紙っぺらじゃない。そのために人は裏切ったり、殺し合ったり、汚ないことをいっぱいする。紙っぺらみたいにして、他人のために金を遣っていいのか？　恩を着せていいものか？　どうやって遣ったらいいのか？　これは微妙な問題だ。

俺はそのへんでは、ずいぶん失敗した経験がある。ほとんどは女に遣った金だがね。

ある女がいてさ、けっこうつき合っていたんだが、あることで俺は金を遣った。で、俺は遣った瞬間に、スパッと別れた。すると女もたいへんなものだった。バシッと借用証を入れたよ。見事な女だったね。キチンとした**気位**を持っている女だった。

俺は金を遣ったことによって、プライドを傷つけたのかもしれない。しかし、その金の遣い方は間違っていたとは思っていない。俺はその借用証を弁護士に預けたよ。

「三年たったら破ってくれ」そう言って預けた。

他人に金を貸さない。持っていても貸さないという**金銭哲学**を、友達にしておいた方がいちばんいいんじゃないかな。俺は基本的に金を貸さないという主義だ。

もし貸してくれと言われたら、ある一定額の金を進呈することにしている。

「これは**取っておいてくれ。**返す必要はない。だけど、二度と俺に金を貸してくれと言わないでくれ」

こう言う。それだって、相手の自尊心はグサッとやられているにちがいないのだ。

稼ぎ方はむずかしくない。しゃかりきになって働けば、けっこう稼げるよ。遣うのは簡単なだけにむずかしい。とりわけ、他人のために遣う時は気をつけたいね。それ以外だったら、**マセラッティ**買って、たとえ免許取りたてでボコボコぶつけたとしても、「テメエの金で買ったんだ。自由じゃねえか」でいいんだよ。

ボクはホモです。このままでいいか？

僕が今、非常に悩んでいることは、男が好きだということです。電車に乗っている人や同じ予備校に通っている人で、ウエストがキュッとしまっているかっこいい男性を見ると、何かたまらないものがこみ上げてきます。今までに４人の男性のアソコをフェラしたことがあります。ただしアナル・セックスをしたいとは思わないのです。先生、こういうどうしようもない自分をどうしたらよいでしょうか。

（千葉県　Ｂ　予備校生）

性《さが》とか業《ごう》という言葉がある。男でありながら男が好きになって、どうしようもない。これも習性の一つなんだろう。君は**業**を負ってしまって、そのことを苦しむのではなく、実際に踏み出して、歩き出してから悩んでいる。

業が宗教的に悪とされた時代はあったけれども、今は何とも言われていない。ただ**少数派だという事実**があるだけだ。おそらく女を好きになることはないだろう。だったら本格的なものになってしまうしかない。あれこれと悩まずに、その道を邁進することをすすめたい。男にひかれてしまう心情をいくら悩んでもしようがないわけで、少数派であると認識して、そのまま受け入れてしまえば、悩む必要もなくなる。

業に身を任せてしまうのも、それはそれで一つの生き方だろう。俺は何人も君のような業を負った人間を知っている。彼らはきわめて感性が鋭いのだ。普通の人間よりもはるかに**感性が豊か**なのだ。君もおそらく、そうであるに違いない。そういえば、その一人に指摘されたことがある。俺の小説のテーマは、みんな男が男のために何かしてやるというもので、それはホモの心情に合致する、というのだ。なるほど、と感心したことがある。ただし一つ、言っておく。

俺をあまり好きにならないでくれ。

すぐにカーッとなる性格を治すには？

ある日、友人5人と酒を飲んだときのことです。俺は相当の量が入ってしまい、へべれけになってしまいました。そして寝込んでしまった友人のひとりを起こそうと、そいつに馬乗りになったりしました。するとそいつが怒って、俺を突きとばしたのです。カーッとした俺は、酒の勢いも手伝ってそいつを殴ってしまいました。翌日、そいつに謝りました。心の広いヤツなので「気にしてない」と言ってくれました。でもなんだかそいつにとても悪くて、詫びても詫びても、心にひっかかるものが残りそうです。大学に入ってから真面目に過ごしていたのに……。酒に飲まれた上、つまらない原因で仲良しの友人を殴ってしまったことを本当に後悔しているし、その場にいた友人4人の目も、とても気になります。

（東京都　Y・O　22歳）

君のように、すぐにカーッとなる奴はいる。カーッとしていない時は、うじうじするから、鬱積《うっせき》が募っていき、酒を飲むとカーッとうじうじ気にする。**うじうじ**してしまう。結局、日頃から、言いたいことを言ったり、やりたいことをやったりするしかないと思う。

昔、『さらば友よ』という映画があった。そのなかで、チャールズ・ブロンソンが、コーラをいっぱいに注いだ紙コップに銅貨を落としていくシーンがあった。一枚、二枚と入れていって十枚まで入った。で、十一枚目を入れた瞬間に、コーラはこぼれる。十一枚目の銅貨は、それまで入っていた銅貨とまったく同じものだ。しかし、すでに十枚の銅貨が入っていたがために、コーラをこぼすことになった。つまり、君も十一枚目で、カーッとしてしまうのだ。それまで我慢できた些細《ささい》なことが、十一枚目には我慢できなくなると。

最初の十枚

を溜め込まないようにするしかない。日常生活で、吐き出すものは吐き出しておく。その方法は、おそらく、他人に対して率直になることだと思う。頭に来た時は、「頭に来た」と言葉にすればいい。それを言わないでいるから十一枚目に、手が出ちゃうんだよ。そういう自分の性格を認識すれば、カーッとなって暴力をふるうこともなくなるだろうよ。

柱

柱に額をぶっつけて、血を流したことがある。まだ二十歳になったばかりのころだった。歩いていていきなりぶっつけたわけではなく、自分から叩《たた》きつけたのだ。

思い悩むことがあって、その解決がつかず、衝動に襲われたというわけだった。血は、かなりの量が流れ、俺はそれに驚いて、悩んでいることをしばし忘れた。

柱に頭をぶっつけて、悩みが解決するわけではない。なぜそんな真《ま》似《ね》をしたのか、傷を見て不思議に思ったほどだ。それでも二十二年前、自分の躰を傷つけずにはいられないほど悩んだことは、いまでもはっきり憶えている。ところが、なにについて悩んでいたかは、どうしても思い出せないのだ。

小僧ども。若いころの悩みというのは、その程度のものなのだよ。俺ぐらいの歳になると、悩んだことは憶えていても、悩みの内容については忘れてしまっている。だから悩むな、などと言うのではない。人生を、悩み一色で塗りこめても、所詮いつかは忘れると言っているだけだ。大事なのは、その悩みからなにを感じとるかさ。額をぶっつけた柱を見るたびに、俺は悩むことができた自分がいとおしく、懐しい。それだけでもよかった、といまは思うのだ。

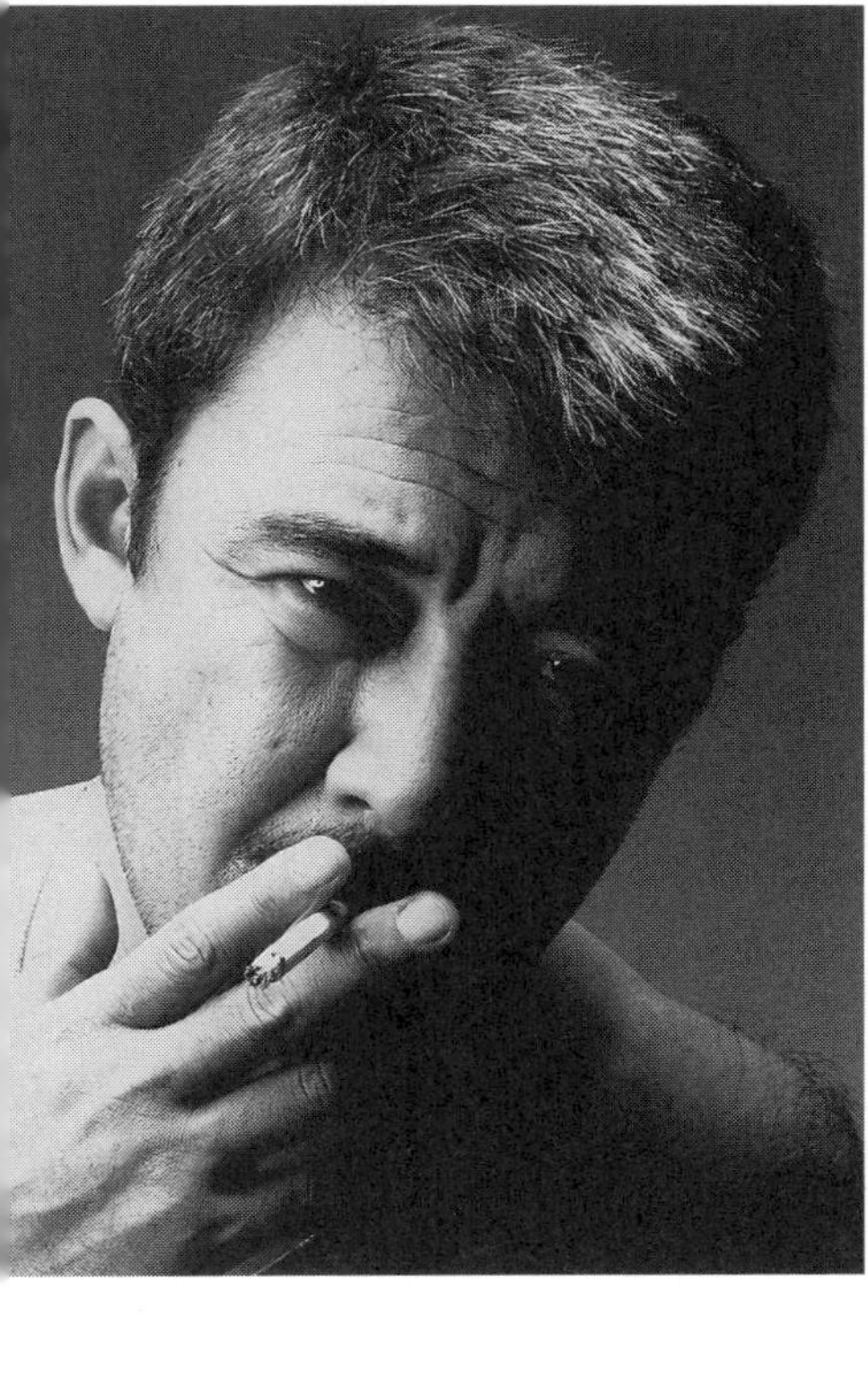

よい友達の見分け方を教えて欲しい

つれづれ草第百十七段に友達とするのに悪い人七態をあげて、一に身分や地位が高名な人、二に若い人、三に病んだことのない健康人、四に酒を好む人、五に武勇な人、六に嘘をつく人、七に欲深い人とあります。よい友三態には、物をくれる友、医者、智恵ある人をあげています。そこで、悪い友、よい友を両方いくつかあげてほしいと思います。

（大阪府　U・N　19歳）

ぼくはHDPを読んで、北方先生のことを知り、先生の本を読んでみたくなり『真夏の葬列』を買って読みました。その本には、友のために命をかけて闘う男が描かれていますが、先生は青春の愚かさを描いたといわれています。長いつきあいではない男のためになぜ命をかけてつくしてやれるのか。その男の心理がわかりません。どのようなことが愚かさなのでしょうか。またどうしたらこのような男になれるでしょうか。

（千葉県　ロンリー）

まず『徒然草』であるが、これはまさしく女の友達観だ。女というのはいつも現実を見るんだよ。現実で価値判断をするんだよ。男というのは違うからね。どんなつまらない奴だって、いい奴だと思ったらいい奴なわけで、いい奴のためには**何かしてやりたい**と思うのが男なんだから。それが男なんだと思う。

友達の選び方なんてのは、ないんだよ。自分がいいなあと思った奴が、人殺しであろうが、痴漢であろうが、学者であろうが、そんなことは関係ないんだよ。

最近の若い奴らを見ていると、○×式の教育の弊害なのか、あの人は○か×か、○だったら友達になろう、×だったら友達になるのをやめようという発想があるように思う。×の良さを認めることをしない。現象的に○というのは最大公約数なんだからね。一点秀れた部分なんてのは○にならないんだからね。もう○×式はいい加減にやめたらどうか。それを続けていると、どうしようもなく**愚劣な人間**になってしまうぜ。

そこで、俺は今の時代というのは、友情を認め合える時代ではないと思うのだ。自分の友人のために肉体をはって何かをしてやる、自分のもってるものをすべて犠牲にしてでも何かをしてやるということは、しかし、小説の中では可能なんだね。で、何故、俺はそれを書くかというと、俺はそれができるだろうかと考えた時に、ひじょうに忸怩《じくじ》たるものがあるわけだ。おそらくできないに違いないと思ったりもする。でも、できるかできないかは、そうした状況になってみないとわからないから、そういう状況を書いて、どうありたいかを懸命に書くわけだ。

ま、しかし、自分が自分であるためには、どうすればいいのか、こだわるべきだとは思うが、それはタテマエ論なんだな。本質的な男性観を言えば弱さ、なんだな。弱いからこそ強くなりたいと思う。弱くて友情を貫けないから、だから貫きたいと思うわけだ。そういう弱さは誰もが持っている。その弱さをどれだけ自覚するかの問題でもある。弱さを自覚し、強くなろうと望む時、もしかしたら強くなり得るんではないかと俺は思うのである。

約束を守らない親友がいるが……

北方先生、僕は友達のことで悩んでいます。仲のいい友達は何人かいますが、その中でも一番ぐらいに仲のいいYがいます。僕は、受験なので、あまり遊べませんが、週一度ぐらいは、語り合ったりしています。Yは、恋愛のこと、大学のことなど、いろいろ素直に話せる友達の一人です。Yは、人間的に本当にいい奴なんですが、たった一つだけ納得できないことがあります。それは、僕が大嫌いな「約束を守れないこと」です。Yは、僕だけでなく、他の友達に対しても、約束を守りません。それどころか、彼女に対してさえ、約束を守らず、それが原因でか、彼女とは、3、4回別れています。その度に反省はしますが、すぐに元に戻ってしまいます。僕が言っても、変わりません。それが理由で、何度かケンカもしました。けど、Yとは、これからもうまく付き合っていきたいんです。北方先生、僕は、友達のことでこれほど悩んだことはありません。何かアドバイスを下さい。お願いします。

（千葉県　ケンスー　18歳）

約束を守れないという重大な欠点がある奴が、人間的にいい奴であるわけがない。約束を守ることは**最低のルール**であると、俺は、思う。約束の時間に五分遅れた。あるいは、約束を忘れてすっぽかしてしまった。そういうことが何回かあったぐらいは、しょうがない。でも、おまえの友達のYは、日常的に約束を破る奴なんだろ。それは、友達関係の最低のルールを犯しているということに他ならない。でも、おまえが、それを許せるのならば、それはそれでいい。ただし、悩むな。もし、許せないのならば、信用するな。今までこれほど悩んだことはないと言うが、悩む必要なんてない。簡単なことだ。

約束を守れないということは、重大な欠点だ。でも、それさえも許せるのならばもうそのことで悩むな。「あいつは、約束を守れない親友なんだ」と割り切って、付き合うしかない。これは、友達をどこまで受け入れるかという問題だ。そして、受け入れるからには、受け入れるだけのものをそ**見極める目**が、おまえにあるかないかという問題の友達が持っているかどうかをでもある。それをよく考えて、自分で判断するしかないだろう。

親友の彼女がヤリマンだった

十年来の親友のことで相談があります。相談したいのは彼と交際している彼女のことです。彼女は僕とも仲がいいのですが、ある時、思いがけないことを告白されました。彼女が友人と付き合っている間（現在3年目）に、なんと10人以上の男と浮気をしたというのです。「彼のことは好きだし、別れたくないのだが、SEXの相性が良くないから他の男と関係を持つのだ」と言っていました。友人は彼女のことを心底惚れ抜いており、「浮気なんてもってのほかだ」と言っています。風俗にも一切行かない一途な奴で、「将来は彼女と結婚したい」とも言っていました。そんな彼にこの話をしたら、気がへんになってしまうのではないかと思います。しかし、このまま彼が結婚したとしても、決して幸福にはならないでしょう。僕もこの事実を知ってしまった以上、何かしら彼のためにしたいと思っていますが、あえて知らないフリをしているほうがよいのでしょうか？　それとも、親友としてはっきり言うべきなのでしょうか？

（東京都　S・S　27歳）

おまえには**関係ない。**大体、彼氏の友達であるおまえに対して、なんでそんなことを言うんだ。もしかすると、その女は全然違うことを考えているかも知れないぞ。

「もっといっぱいSEXしてちょうだいよ」という意思表示なのかもしれない。あるいは、「もう嫌いになっちゃったわ」という意思表示なのかもわからんが、とにかくおまえを通して何かを伝えようとしている**告白の道具**に過ぎないわけだ。そういう道具としか思えない。つまり、おまえは に友達がなるんじゃない。

男と女の間には、親友だって立ち入らない。特に、SEXの問題に関しては、**放っておけ。**男と女なんだから、放っておけばなるようになる。男と女のことは、外からわからないことがいっぱいあるわけだから、側で見ていて、友達が傷ついた時に一緒に酒を飲んでやる。そういうのが友達というもんだ。

親友の作り方を教えて欲しい

僕は、結構真面目な両親にも恵まれ、環境の良いところでここまで大きくなってきました。しかし、中学時代から自分の人柄と友達について悩んでいます。僕は、運動が大好きで、性格も明るく、友達も結構いるほうです。しかし、友達との友情、絆、信頼というものに触れたことがないんです。育った環境が良いからなのでしょうか？　それとも、僕の性格、友達との付き合い方に問題があるのでしょうか？　本当の友達、親友を作りたいのです。自分が本当に窮地に立たされた時、相談できる人が親友だと思っているのです。本当の友達の作り方、一生付き合っていく親友と呼べる人との付き合い方を教えて下さい。

（愛知県　マグワイア2号　18歳）

友達がたくさんいるというのは、素晴らしいことじゃないか。「あいつは親友。こいつはただの友達」というような区分けを、どうしてする必要があるんだ。その中には、自分が**地べた**で這《は》いつくばっている時に手を差し伸べてくれる奴がいるかもしれないし、いないかもしれない。ただ、いまの世の中では、なかなか地べたに這いつくばることがないから、それを容易に知ることはできない。

でも、いると信じろよ。そして、友達が這いつくばっている時は、おまえが手を差し伸べてやれ。人に友情を求めるんじゃない。友情を示すのは、**自分**だ。示さなきゃいけない時に示せる男であるかどうか。それが大事なんだ。**這いつくばっている友達**に手を差し伸ばせば、自分も這いつくばってしまうかもしれない。でも、そういうことまできちんとできる自分がいるのかどうか。大事なのは、そこなんだ。

友情を発するのは、いつも自分だ。相手が発するものを受け取って、それを友情だと思ったら大間違いだ。それさえわかっていれば、友情で悩むことはないし、やがていい友達もできるだろう。

第三章

俺の肩には凄い毛が生えているぞ

コンプレックスに関する問答

再会

　読書にいい季節になってきた。たまには、本でも読んでみろよ。俺がおまえらの歳のころは、一日一冊か二冊読んでいた。本を買う金がない時は、立読みもよくしたものだ。

　高校生のころ、学校からちょっと離れたところに、書店があった。俺はそこで、少なくとも五十冊は立読みしたと思う。勿論《もちろん》、それ以上に買いもした。立読みは、一冊読了するというわけにはいかず、当然、何日もかかる。頁《ページ》を折っておく。翌日売れていて、涙を呑んだこともあるが、大抵《たいてい》あった。ある日、レジのおばさんが、栞《しおり》をひとつくれた。頁を折るなということだったのだろう。立読みをするなとは、言われなかった。その栞はどこかへいってしまったが、書店はまだある。この間、俺はそこへ行ってみた。白髪のおばあさんがレジにいた。自分の本を三十分ほど立読みし、そして買った。あら、とおばあさんは言った。高校生のころの俺を思い出したのか、作家の俺がわかったのか。どちらでもいいが、俺は四百円の釣りを受け取った。
なんでもない話だが、人生でこんな再会も悪くないぞ、小僧ども。

ほっぺたが赤くて悩んでます

北方さん、僕の悩みをきいてください。僕は小さいころからほっぺたが赤く、そんなに気にしていなかったのに、17歳になってもぜんぜん治らず、友達からリンゴ病じゃないかといわれて病院に行ったけど、医者にはリンゴ病ではないといわれた。これでは彼女ができません。治す方法があったら教えてください。
（山口県　シューター　高校3年）

深刻な悩みなのはわかるが、人にはコンプレックスはあったほうがいい、というのが俺の考え方だ。その**逆手に取る**方法を考えろ。俺コンプレックスをの話をしてやる。

俺の肩には毛が生えてる。凄い毛が生えてる。それも左肩だけだ。高校時代から生えていて、当時はずいぶん馬鹿にされた。女の子は、気持ち悪いとか、グロテスクとかしか言わなかったよ。そんな俺が今、何をやってるか。

「男の**倶《く》梨《り》伽《か》羅《ら》紋《もん》紋《もん》、**見てみるか？」

とか言って、グッと肩を出して自慢しているのだ。コンプレックスを逆手に取って、やってるわけだ。そうすると女の子は、俺に抱かれている時に、肩の毛を触わっている。ああ、この男なんだ、と確認できるのは肩の毛なのだよ。一度、俺に抱かれた女は、絶対に忘れることもないだろう。

赤いほっぺもいいじゃないか。俺みたいに少年のようなほっぺをしてる奴はいないだろう、と自信を持って言えるようになれ。コンプレックスは所詮、心のありようの問題なのだよ。自分で背負い続けるしかないのだ。

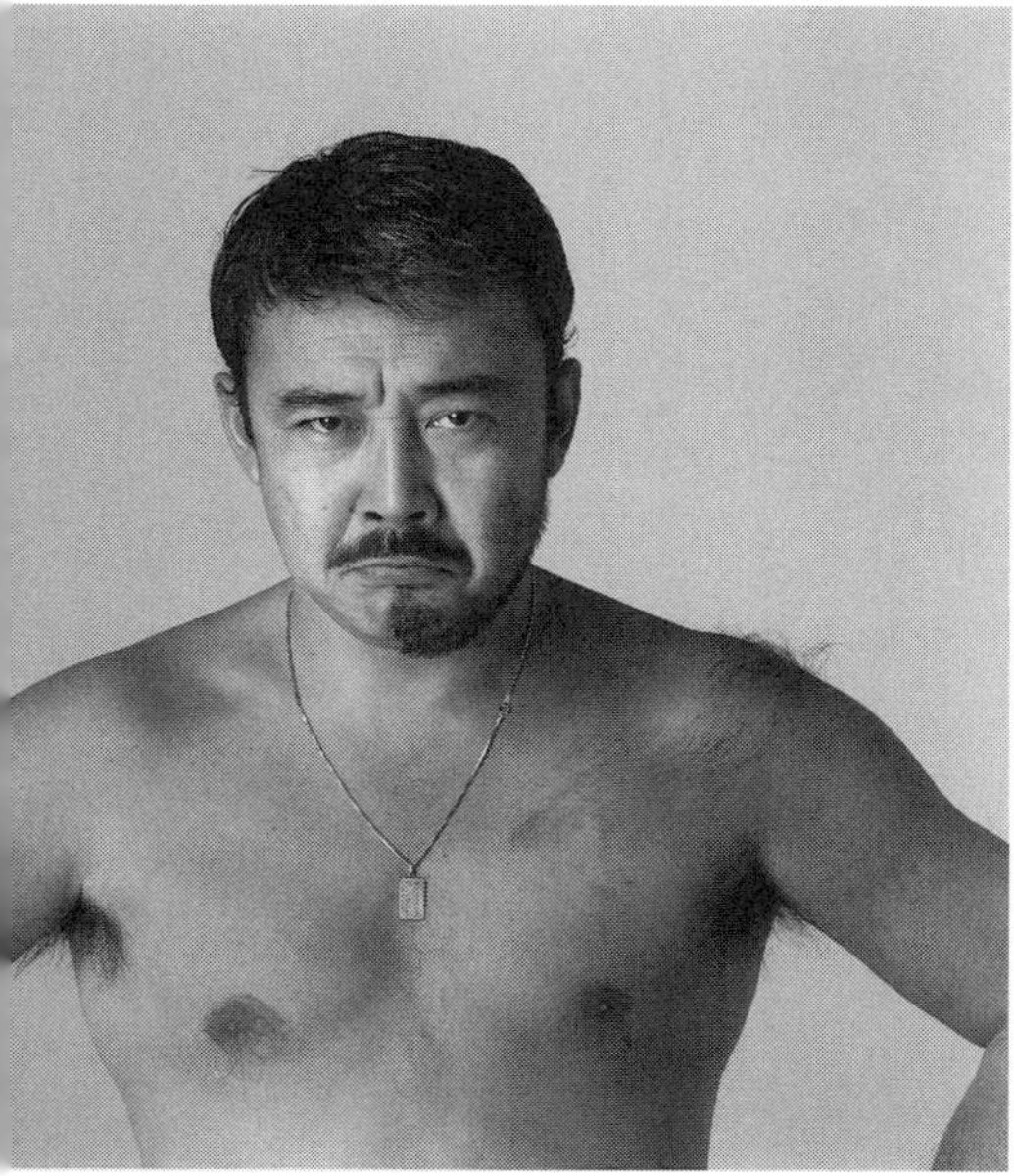

大学生にコンプレックスがある

僕は高卒で、今東京の、ある会社で働いています。たまに渋谷などで飲んでいると、周りでさわいでいる大学生などを見て、ひどく、「コンプレックス」を感じることがあります。綺麗な女を横にして、バカ騒ぎしている大学生達を見ると、自分がひどく劣っているような気がしてなりません。自分はどうせ高卒だとくさってしまうこともあります。このコンプレックスをなくすにはどうしたらいいか、教えてください。お願いします。

(神奈川県　悲しきカンガルー　?歳)

俺は結果として、大学を卒業し**惨《みじ》めだった**よ。まともに就職をしなかったからてしまったが、卒業してからは**惨めだった**な。就職した連中はキチンと給料を貰い、キチンと家庭をつくり、余裕なんかもあってレジャーを楽しんだりしていた。

俺はそれを横目で見ながら、どうせ俺にはまっとうな職業はないからな、というコンプレックスを持ったと思う。

これは持たなかったと言えば嘘になる。持ったと思う。ただその時、俺には小説があったから、その中でそういうコンプレックスは全部**弾き返して**やろうと思っていた。

俺だってコンプレックスは持ったんだよ。時期が君とは、ずれていただけだ。

今でも思い出すこと がある。そのころ俺は **薔薇** をつくっていた。ブラブラして、稼ぐ金は少なかったが、薔薇は綺麗に咲くわけだよ。それを切って、花瓶に挿しておくと、女房が部屋に入ってきて「綺麗ねえ」と言う。

《友がみなわれよりえらく見ゆる日よ花を買ひ来て妻としたしむ》

そういう時はいつも、この啄木の歌が出てきて、しみじみと実感したものだ。

高卒だって、いいじゃないか。自分に与えられた環境の中で、人生を充実できればいい。自分の力で一生懸命に何かをやったかどうか、人の最後はそれで決まるのだ。

俺は自分の経験から、そう思う。

だから
君よ、**負けるな！**

仮性包茎で悩んでいます

北方さん、僕は17歳の学生です。僕の悩みははずかしいんですが、包茎なんです。仮性包茎だから、SEXの時はだいじょうぶなんですけど、立ってない時は自分でも見られたもんじゃありません。どういう病院に行き、いくらくらいお金がかかるのか、もしよろしければ教えてください。なさけないです……。

(大阪府　B・B　17歳)

正直に告白すると、俺も**仮性包茎ぎみ**なのだよ。どちらかというと皮が余分にある。でも俺はむしろそれがいいと思っている。というのはあそこがいつも敏感になっているからだ。あの時以外は、あまり露出しないほうがいいんじゃないか、と思っている。セックスに支障をきたさない程度の仮性包茎なら、手術しないでいいじゃないか。たしかに手術そのものは**輪切り**にしてちょっと取っちまえばいいわけのはじつに簡単にできるらしい。で、ほんの二十分で終わってしまう、とある酒場で手術した奴に教えてもらった。ところが苦しみというのはそれから二週間は続くと言うんだよ。朝立ったりすると、痛くて痛くてどうしようもない。水をかけたりするのだけど、そうすれば**ピンピン**に立っちゃって、どうすればするほどにもならないらしい。

俺はこの前、東ヨーロッパを旅行してきた。あちこちの公衆便所で、隣りでやってる奴のを見たが、包茎がいっぱいいたね。剝けば剝けるんだろうけれど、小便している時は、包皮の間から尿が出てるという奴がいっぱいいた。逆にモロッコなんかに行くと、包茎の奴は一人もいない。**割礼**するからだ。割礼するから包茎は一人もいないが、だからといい。これは若い頃**割礼**ってモロッコの男がもてるとは思わない。ようは清潔にしていることが大事なのであって、包茎かどうかは、女はあまり気にしないんじゃないかと思う。割礼するイスラムの男たちが世界でもてるとは思わないし、むしろ包茎の多いキリスト教徒があちこちで悪いことをしているという事実を見ると、仮性包茎なんてたいした問題ではない、と**国際的感覚**で俺は考えるね。

優柔不断な性格で悩んでいます

この春、進学の為、新潟市から上京しました。僕は両親からよく、人につけ込まれやすいタイプだから、都会に出てもよく気をつけるように言われました。実社会では嫌な人間に出会うことは百も承知ですが、自分が嫌だと思ったことに対して、ハッキリとNOと言えない僕のこの優柔不断な性格はどう直していったら良いのでしょうか。男として、どう生きて行くべきでしょうか。先生、どうか教えて下さい。お願いします。

（神奈川県　T・S　18歳）

「ノー」と言えないなら、すべて「ハイ」と言ってればいい。とにかく全部「イエス」と言って、全部言うことをきかない。それで世の中は通るはずだ。

自分が**嫌な奴になる**んだね。他人に嫌な奴と言われるぐらいの男になれば、存在感は出てくるだろうし、それなりに女にもてたりするぜ。もし、「なんでハイと言うんだ」と訊かれたら、「じつは私はノーと言えないのです」と答える。人につけ込まれないためには、その自分の性格の弱さを逆手にとることだ。なまじ、「ノー、ノー」と言ってる奴より、「イエス、イエス」と言って、それで何もやらない奴の方が強いのだから。

このくらいの**図太さを持ちたまえ。**いちいち悩んでたら、負けて傷ついて、国に帰ることになってしまうぜ。

プレッシャーを克服する法は?

私は小さい頃から、すごくプレッシャーというものに弱くて、これまで幾度となく損をしてきました。中、高校と卓球をやっていましたが、ふだんはすごく強いのです。でも、いざ試合となると、実力の半分も出しきれないのです。なかには試合になると、ふだんより多くの実力を発揮する人がいます。そういう人を、いつもうらやましく思ってきました。どうしたらプレッシャーに強くなれるのでしょうか。これから社会に出るのですが、やはりプレッシャーに強い人は、それなりに得をすると思うし、弱い者は損だと思います。どうか教えてください。

(滋賀県　プレッシャーに弱い男　21歳)

プレッシャーに弱いというのは、個々の性格の問題であって、これはどうにもならない。おそらく悩みの対象にもならないだろう。なぜなら、プレッシャーに強くなってしまうという方法は、ないからだ。

そのかわり、プレッシャーを感じるけれども、それを**跳ね返す力**を持つということは、可能だろう。つまり半分しか力が出なくても他人の三倍の力を持っていれば、その半分の力でも充分に勝てるわけだ。まあ、このような発想方法をとれるようになれば、「ああプレッシャーがかかっているな」と思うぐらいで、たいしたものではなくなるだろう。そういううまい知恵というものは、プレッシャーの中で身につけていくしかない。しかも一人一人方法は違うだろうと思う。

プレッシャーに弱い人間は損か？　という問題には、必ずしもそうは言えない、と答えておく。プレッシャーを感じたほうがいい場合もあるのだ。スポーツの試合では、プレッシャーというものは、人間の筋肉の動きに出てしまう。ところが頭脳の動きは、逆にプレッシャーによって鋭くなると俺は思っていよ。そう確信している。プレッシャーがかかっていたほうが、**頭の回転は速くなる**。

つまり、プレッシャーに弱いと思っている奴というのは、頭脳の回転が速すぎるのだ、と言えなくもない。また、そう思えば、もう少し楽になるだろう。大丈夫さ。プレッシャーに弱いということは、少しも損にならない。

ボクのナニはヘンな形をしています

はじめまして。実は僕は大学４年生なのですが、未だ女性経験がありません。どうしてかというと、僕のモノは普通と違っているため自信がないのです。ボッキした時にまっすぐにならず、途中から下を向いてしまうのです。こういう形でも普通にセックスできるんでしょうか？

（東京都　Ｔ・Ｎ　大学４年生）

教えてやるが、一番威力のないペニスというのは、まっ直に伸びた**仰角百十度**ぐらいのペニスである。右に曲がっている、左に曲がっている、先だけ膨んでいる、君のように下に曲がっている等々。これは欲しくても手に入れられない**武器**なのだ。自信を持ちたまえ。君は生まれながらにして真珠入りの一物を持っているようなものだ。これで女を一回か二回、ヒーヒーいわせてやればいい。深刻なのはわかるが、その程度のことだ。自信を持ってセックスしなさい。

ドラムを叩く友人の姿にショックを受けた

北方先生、僕の悩みを聞いて下さい。僕は今、芸大を目指している高校2年生です。つい最近、友人が入っているバンドのライブに初めて行きました。長い付き合いの奴で、親友とも呼べる仲ですが、その時のような彼を見るのは初めてでした。はっきり言って、ショックでした。「ドラムができる」とは聞いていたのですが、男の自分が見ても、カッコよかったのです。ふだんは不まじめな奴だったけど、ドラムを叩いているあいつは、まるで別人でした。僕の片思いのコも含め、何人かの友人とそのライブに行きましたが、みんなそいつをよく知っているせいか、ライブの後は無言になってしまいました。やはり女は、ああいう風に何かに本気になっている奴にホレるんだ、と思いました。その点、自分は、「芸大に行く力はない」と言われているし、これといって得意なものが一つもありません。北方さん、僕はいったいどうすればいいのでしょうか？

（島根県　B・S　？歳）

友人がカッコよく見えて、打ちのめされたというのなら、今のおまえは打ちのめされるだけの価値しかない男なんだ。ただ、それだけだ。俺がいつも言っているだろ。男というのは、一芸に秀でればいい。これが、そのいい例だよ。普段はチャラチャラしていて、いかにも**不真面目**に見える奴が、ドラムを叩いたら、めったやたらにカッコよかった。それは、彼が一芸に秀でているからだ。その友人が持ちえていて、おまえにはな**光**という。そして、この光さえあれば、女は寄って来る。彼にしても、そのいものをライブの日に、初めてドラムを叩いたわけじゃないだろ。稽古をしてなかったら、そんな風にカッコよくできるわけないんだからな。それまでに、手にマメができ、血がにじむくらいの稽古をしてきた。それに対して、おまえは何もやっていない。それだけのことだ。そこに思いも至らず、ただ友人が「カッコよく見えた」と落ち込んでいるおまえは何なんだ。おまえはただ、自分の小ささを知って、落ち込んでいるだけの男に過ぎない。

このままいけば、今後も落ち込むだけの人生が続くことは、目に見えている。会社に勤めても、同期の奴がいい仕事をすれば、またカッコよく見える。友人がいい女と結婚したら、それが羨《うらや》ましくて、また落ち込む。そういう風になりたくなかったら、おまえも一芸に秀でることを目指せ。なんでもいいから、とりあえず一芸に秀でろ。そうすれば、女にモテる、モテない、その一芸が仕事になる、ならないということとは別に、人間のあるべき姿というのがわかってくるはずだ。人間が努力するというのは、どういうことなのか、自分で満足できるとは、どういうことなのか。充実した人間とは、どういうものなのか。そういう人生のさまざまな価値が、見えてくるはずだ。それを知っている男と、まったくわからずに他人を羨んでばかりいる男とでは、光の輝きの**次元が違う。**それを心に銘じて、おまえも一芸に秀でるようにがんばってみろ。

デブで気弱な自分が憎い！

　僕の悩みは自分に自信がないことです。運動がとても苦手でみんなに付いていけず、部活に入っても長続きしません。体も少々太っているのでまわりの皆を見ていると、つくづく自分が情けなくなり、そのせいか彼女もできません。そういう機会は今までに何度もあって、付き合ったりしたこともあったのですが、しばらくすると、「この子は、僕みたいな奴と付き合っていていいのかな。まわりにはもっとやせていて、かっこのいい奴がいっぱいいるのに」と考え込んで、向こうは何も言ってもいないのに自分から身を引いてしまったりします。このデブというコンプレックスから何事にも気弱になって、強い被害妄想を抱いている自分が憎くてたまりません。北方さん、僕はどうしたらよいのでしょうか。

（東京都　マルコメX　15歳）

　解決策はただ一つだ。**痩《や》せろ。**

　でも、おまえの場合は、痩せたら痩せたで「なんでこんなガリガリの男を……」、中肉中背になっても「こんな特徴のない男を……」と、新たに悩み出すことだろう。要するにおまえの考え方では、太っていようが、痩せていようが、普通になろうが、どうしても悩みの種が顔を出すんだよ。

何故か？　結局、おまえ**被害妄想**なんだよ。すべてのことを悪い方に、悪い方に自身が言っているように**被害妄想**とる思考回路ができあがってしまっている。

では、その思考回路をぶったぎるためにはなにをすればいいか。女のことは忘れろ。学校の成績が良くなるとか、運動がうまくなるとかいう願望もすべて捨てろ。そして、なんでもいいから**オタク**になれ！　オタクになって、一つのことに打ち込み、そこから人ら、一つだけ**オタク**と通じ合うものを見つけ出していく。何でもいいから一つだけ自信を持つという方法でしか、おまえのような奴がきちんとコミュニケーションをとったり、自分自身を持ったりはできないと、俺は思う。

結局、おまえの悩みのすべての元はデブというコンプレックスではなく、自分というコンプレックスなんだよ。おまえに限らず、最近の相談者には自分というコンプレックスに悩んでいる奴らがとても多い。自分はデブだ、自分は特徴がないといった明確な悩みが存在しているようでいて、実は自分が見えていないい。こういうコンプレックスにとらわれている**囚人**んだ。

仕事柄、口ベタをなんとかして治したい

　僕は今、非常に悩んでいることがあります。その悩みとは、昔から悩まされてきた口ベタです。中学、高校あたりから特にひどくなったのですが、友達や家族の前では平気でしゃべれるのに、大勢の人や見知らぬ人の前になると声が出にくくなり、自分の言いたいことをうまく相手に伝えることができません。しかも、僕は親の元で後継者として働いています。お客様と一対一で接する仕事なので、接客マナーとして敬語が使えなければいけませんが、僕の場合、お客様の前に立つと緊張してしまい、コミュニケーションがうまくとれません。「いらっしゃいませ」「ありがとうございます」といった基本の挨拶も、声に出して言えないことがあります。僕は、いつもそのことで悩んでいます。友達などに相談しても「口ベタはしょうがないんじゃないか。気にするな」とか、「女の子と話をすれば治るんじゃないの」等々、あまりいい解決法が出てきません。でも、このままお客様に不愉快な思いをさせて、お店の評判を悪くしたくはないのです。発音の練習や声を大きくする練習もしましたが、やっぱり口ベタは治りません。どうかいい解決法を教えて下さい。

（?県　B・J・B　?歳）

　何かしゃべらなくてはいけない時、自分は口ベタだと思っているから、さらに口ベタになってしまう。これは、**悪循環**という奴だ。残念ながら、こういう悪循環は、簡単には断ち切れない。

では、どうすればいいか。相手の質問には絶対に正確に答えられるように訓練することだ。商売をやっているのなら、その商売のことについて徹底的に勉強して、相手に何を訊かれても、すべてのことに答えられる。そういうエキスパートになってみろ。客にとっても、余計なお世辞を使われるよりそのほうがずっといい。自分の商売についての知識をしっかり持ち、何を訊かれても、ちゃんと答えられる。それが、客に対する一番の礼儀だ。

俺の先輩にも、口ベタな人がいた。柔道部の部長だったが、部長は新入部員勧誘の折、全校生徒の前で挨拶をしなくてはならなかった。ところが、その部長は、部員の前でさえボソッと一言しゃべるぐらいで、人前で話すことが苦手だった。彼が、何をやったか。いざ全校生徒の前で話さなければならないという時、一晩かけて歌を練習した。そして、**柔道部の歌**を挨拶代わりに歌い、最後に「柔道部、よろしく」とだけ言った。それは、大ウケにウケた。居並ぶ部長連中の話よりも、はるかにウケた。そのせいか、その年の新入部員が多かったぐらいだ。

その部長は、柔道が強かった。だから、誰もが認めた。いわば、柔道のエキスパートだ。おまえも、エキスパートになれ。商売をやるなら、その商売については誰よりも知っていて、どんなことを訊かれても答えられるようになっていれば、それだけで**存在感**が出てくる。これは、俺がいつも言っている一芸に秀でるということに通じることだ。おまえも、がんばってみろ。

第四章

部屋のキーを貸せ、おまえの心を預かっていたい

男と女に関する問答

ほんとうの恋

秋になると、この欄に届く悩みの中で、恋の話が多くなる。夏に知り合った女に振られた、というのもかなりあるな。

夏だけの男は、諦めろ。いくら女を追いかけたって、無駄さ。早いとこ、次の女を捜すんだ。夏だけの男の群れが、うなだれて街を歩いている姿を想像すると、俺は憂鬱になってしまうよ。女が夏だけの男を作ろうとするなら、男は夏だけの女を作るんだ。来年からは、そうしろ。このまんまじゃ、女に鼻面を摑《つか》まれ、引き回されるだけだぞ、小僧ども。

好きになった。それが恋ではない。まあ、一応恋と言ってもいいが、ほんとうの恋は、その先にあるのだ。悩むなら、ほんとうの恋のところで悩んでもらいたいものだ、と俺は思う。一応の恋など、俺は何百回も何千回もしたが、ほんとうの恋は三度か四度というところだ。そんなものさ、男が本気で女に惚れるのは。ほんとうの恋がなにかなど、間違っても俺に訊くな。自分で感じる。自分で心をふるわせる。切なさに身もだえし、しかしそれでもほんとうの恋でなかったりするのだ。

男と女とは、そんなものだぞ。

別れた女とヨリを戻したい

最近、8ヵ月続いた彼女と別れました。そのコは、とても素晴らしい人で、多少、浮気性の僕が他の女に目もくれず一筋に愛しました。これほど人を好きになったことはありません。彼女も僕を本当に愛してくれました。別れる時は、週に2回くらいかかってきた電話もとぎれてしまったので、僕が電話で「もう、ダメなんだろ」と言うと「学校で言う」と彼女は言いました。次の日の放課後、彼女は何気なく、「もう、ヤダ」と言ってきました。僕を嫌いになった理由はわかりません。彼女を忘れようにも忘れられません。卒業の時に、もう一度、交際を求めようと思うのですが、一度とぎれた女のコと再び交際するのは無理なのでしょうか。

(神奈川県　Y・M　14歳)

諦めろ。

諦めるのがいちばんいい。そして他の女を捜すんだね。お前はふられたのだ。ふられたのに卒業の時、もう一度交際を申し込むなんて、そんな女々しいことはするな。女はひとりだけじゃない。他にもいい女はいくらでもいるんだから。もうひとつ。男のエネルギーはいろんなところから出てくるものだ。女にふられたら、その女を見返してやりたいと思うわけだ。その女を見返すために、いい男になってやろうと。あるいは、いい女を獲得してやろうと。

男の弱さと見栄として、一度ふった女を、自分の前に、跪《ひざまず》かせたいという思いは必ずある。でも、それを捨てないと、やっかいなことになる。これは男の感情の中でも、いちばんやっかいな問題だから、思い切って捨てないと、やばいことになるぞ。

彼女の以前の男が気になってしょうがない

北方さん、初めまして。僕には本気でつき合いたいと思っている彼女がいます。僕の悩みというのは、彼女の前の男のことです。その男は4月から東京の大学に通っていますが、なんでも肝臓を患っていて、ガンかもしれないんだそうです。その男と彼女の仲がどれほどのものだったのか知りたくてしょうがないのです。男と女が本気でつき合うためには、お互いの過去の男女関係をさらけ出してからでないといけないのでしょうか。

（宮城県　A・T　18歳）

一つ言おう。女が**以前の男の話**をする時というのは、これは単純に受け止めてはいけない。いろんな意味がある。目の前にいる男を嫉《や》かせようとして、そういう話を持ち出すこともある。その男が癌に冒されて死にそうだと泣いてみせたことが、万が一、嘘だとしたら、この女はなかなか**したたか**だよ。その場合は、俺の以前の女は、何かで死んでしまった……と言うぐらいの駆け引きをやってみてもいい。男は自分の彼女の以前の男のことまで知らなければつき合っていけないのか？　と真剣に考えてると、鼻づらをひっ摑まれて引っぱり回されるだけだぜ。

その話が本当だった場合はどうするか。彼女が傷ついてしまった時に、支えてやればいいじゃないか。そして、**女を愛する**というのはどういうことなのか、もう一度考えてみる。いろんな人生を歩いてきて、いろんな男とつき合ってきて、そして現在ここにいる彼女を愛しているということは、つまり彼女の生きてきた人生を愛しているということなのだ。だったら、以前の男のことで気に病むこともなかろうよ。

俺は本当に最低の男なのか？

高1の時、タイマン張ってまで手に入れた彼女は純粋だった。紆余曲折はあったが、俺は精いっぱい深く愛したつもりだった。彼女は俺の愛し方を不純だと言った。彼女の愛とは、楽しく会話し、手をつなぎ、人々から羨まれる様な偽りの愛。でも俺の愛は彼女の全てを身体で求める真の愛だった。二人のギャップが見えない壁となって、高く高く、俺の前に立ちふさがった。俺はもう一歩も前へ進めない。「別れよう！」そう言った。彼女は泣きじゃくりながら、ワケを聞いた。俺は答えなかった。2日後「男としてサイテー」という手紙がポストに入っていた——。北方氏の聡明なる男としての意見を求む。

（神奈川県　TSUMORI　18歳）

お前は、なかなかいい男だ。最低と言われて、女に捨てられていく。女と別れていく。**究極の別れ方**と言っていい。そうやって男というのは女と別れてやらなくてはいけない。まあ、しかし、愛がどうだこうだと御託を並べているが、ようするにまだ一人の女に縛られたくないだけなんだろ。もっと**いろんな女を知りたい**わけだ。それはそれで、いいよ。一生のうちで、男は何回も女に惚れない。三回とか四回。多くてもそんなものだ。

その時にはきっとお前のほうがズタズタになるだろう。ズタズタになったら、俺はこれ

までどれだけ
の女の子を**ズタズタ**にしてきたかを思い出せばいい。そして、男として最低なん
「男として最低」だ、と思えばよろしい。
と言われる時は、本当は男のほうが捨てている時だということ
を、お前は無意識のうちにわかっているようだから、女をそん
なに傷つけることもない。安心して別れればよろしい。

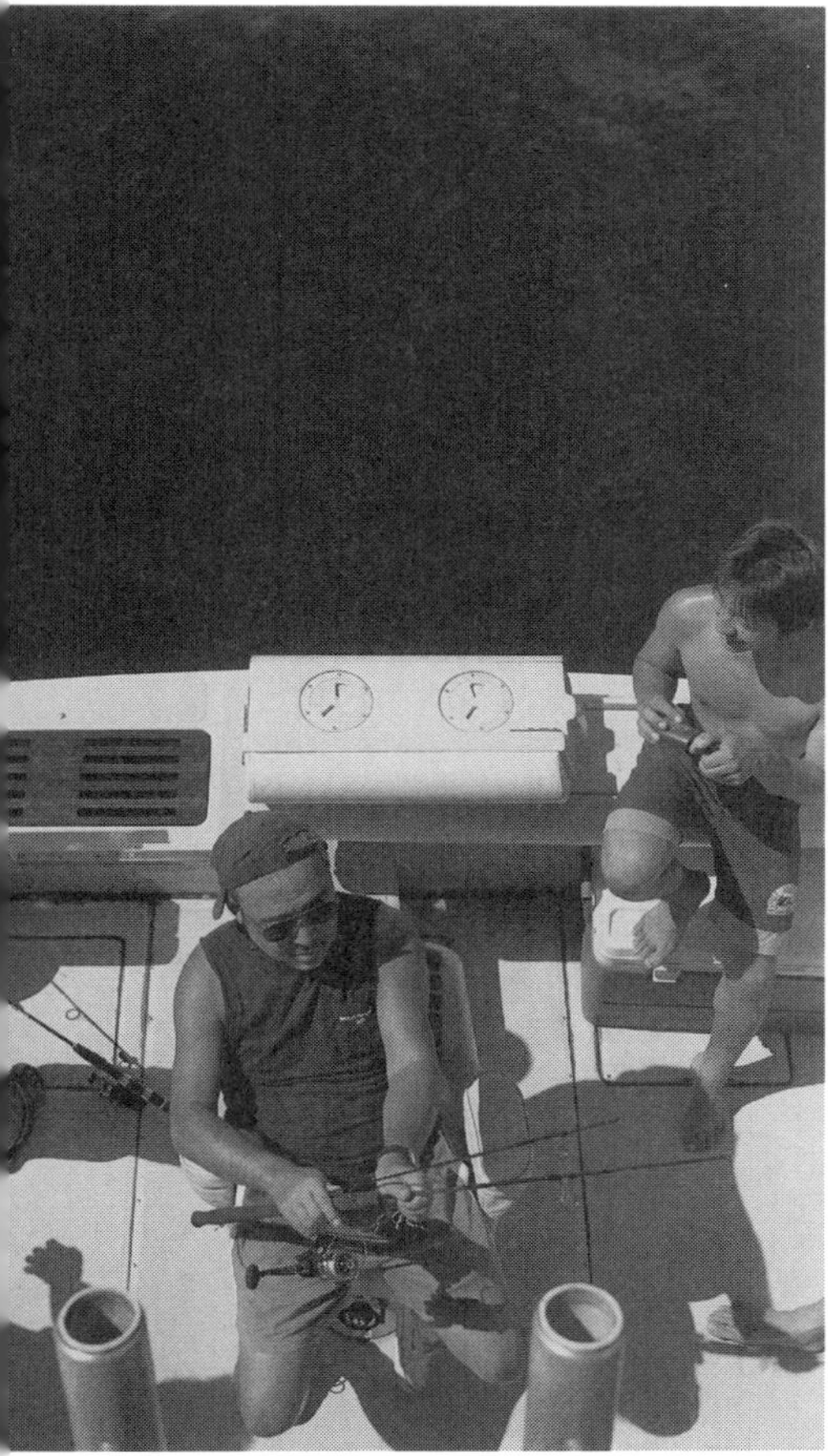

女をふるときの男の気持ちが知りたい

彼と私とは4年前に知り合いました。彼の住む京都をたくさん歩きました。いっしょに音楽をきいたり食事をしたりしました。彼が4月に東京へ行くことになったのですが、私としては東京くらい別に大したことはなかったのです。実際、私は彼に会いに東京へ行っていたし、これまでと同様に静かなカップルでいられると思っていました。ところが、彼はお盆に京都に戻ってきていたのに、私に何の連絡もくれませんでした。これは本当に信じられなくて、ショックだったのです。こういうのがふられるってことなんだとぼんやり思いながら、それならこの4年間は何だったんだろう。彼のことを思い続けていた……。ふられるなら、ばしっとふられたいような気がして、そこまできていて連絡しない男の気持ちを、どうぞ教えてください。

（大阪府　M　24歳）

女の捨て方にはいろんな方法があって、いちばん男が楽だと思う捨て方は、**自然消滅**なんだよ。自然に連絡が途絶えて疎遠になってなんとなくつき合わなくなる。これがいちばん楽なんだよ。

ところが自然消滅は、残酷な場合があるのだ。つまり女には**「待つ」という特性**があって、えんえん待ってる女に対して自然消滅を狙ったりすると悲劇が起きる。その時は、嫌われることによってふられる。それでも駄目だったら、サヨナラね。

サヨナラにもいろいろあって、喧嘩《けんか》してサヨナラを言うこともあるし、静かに「君とはもうおしまいだ」と言うこともある。ま、どっちにしろ、男と女はつき合い始めることより、別れる時のほうが、はるかに難しいね。

俺の場合を言おうか。完全に俺のことを恋人だと思うような状況になった時に「部屋のキーを貸せ」と言う。

「これは使おうと思って預かるんじゃない。**おまえの心を預かっている**つもりだ」

とか言う。二人きりになると、男が臆面もないことを言っても、女はジーンとしちゃうんだな。で、別れる時に、それを返す。それだけで、どんな女も理解できるだろ。そうは言っても、簡単にはいかないがね。

さて君の彼は、自然消滅を狙っている。それが情として許せないなら、東京に行け。男の部屋に住んじまえ。セックスする時に、男がコンドームをつけると言ったら「あなたの子供を産む」と拒否しろ。徹底的に男とやり合う。**ドロドロの世界**に落ちれば、君のその気取りもなくなるに違いない。

友よ君は

小僧ども、よく聞け。

俺はいい男である。少なくとも、そう言う他人が多い。年齢相応の風格も出てきた。金もある。バブルで儲けたわけではなく、精魂をこめて小説を書いて稼いだ、誇りを持てる金だ。したがって、女にももてる。日本に数台という車を持っているし、別荘も持っている。柔道は黒帯だし、ＦＢＩの射撃認定は中級だし、腕相撲では四十四年間に二人に負けただけだ。二十代のころは、命がけの喧嘩を数回やった。

そういう俺に、おまえら、勝てるのか？

俺の回答が傲慢《ごうまん》だとか一方的すぎるとか文句が多いが、おまえらは黙って俺の言うことを聞いてろ。文句を言うのは、二十年早い。

おまえらには、俺にないものがひとつある。若さだ。それを生かそうとしないおまえらを見ていると、なんともくやしくて、俺は怒鳴りたくなってしまうのだ。若さは、愚かさと同義だ。しかし、純粋なのだ。一途なのだ。俺が自分の全財産をはたいても買えないそれを、おまえらは持っている。

わかるか、俺の言っていることが。生きて、生ききって、ズタズタになり、どうにもならなくなってから、悩め。それまでは鼻の穴をふくらませて突っ走れ。

女をひきつける男の魅力とは何か？

北方さん。ぼくの彼女は前の男にいいようにもてあそばれて、捨てられたそうです。酔ってこういいました。「あの人が、どんなに大嘘つきでも、ペテン師でも、女ったらしでも、やっぱり好きになっていたと思う」と。そしてぼくにはその男を忘れさせるだけの魅力がないという結論に達しました。北方さん、そんなふうに女をひきつける男の魅力とはいったいなんなのでしょうか。

（千葉県　M・W　19歳）

崩れたものにひかれる

女というものが男にひかれる場合、いろんなことが考えられるが、その中に一つ、男の崩れたものにひかれるということがある。男の崩れ方というのは、女にない崩れ方なんだよ。自分の人生を全部投げ出すような崩れ方。だけど男というのはずるいから、平均台の上を歩くように躰のバランスを保っているところがある。おそらく君の彼女はそういう男の部分に惚れたのだろう。そして、「いいようにされた」のは、彼女自身がそうなることを望んでいたとしか思えないね、その瞬間は。男の崩れた部分に惚れていって、男も自分の崩れた部分で接して、いいようにしたに違いない。それはそれで一つの人間関係だ。

その上で、君がその男を越える魅力がないと結論づける根拠は何なのか？　そんな根拠はないじゃないか。つまり、崩れた部分を持つ男と、崩れていない男のちゃんとした部分とは比べようがないんだよ。比べようがないものを比べようとするから、その男の魅力に勝てないんじゃないか、となるわけだ。そうした不毛のところで堂々巡りしていてもしょうがない。俺は心情としては、彼女とつき合ううちに、その男の影を消すような男になってもらいたいと思うが、こんなことで悩んでいるようなら、きっぱりと別れた方が賢明かもしれないな。

もうひとつ。これは若い男が女とつき合う時の一種のテクニックのようなものになるから、俺はあまり口を出したくないんだが、いい機会だから教えておいてやろう。

やさしさには常にめりはりをつけろ。冷たくあしらっている女に、ひと言だけやさしい言葉をかけてやる。その落差が女を**グラグラさせる**んだよ。崩れた男というのは、そういうことをよく心得ているんだな。冷たい男のたったひと言のやさしさみたいなものを女は求めている。たったひと言やさしい言葉を吐いたがために、その男はやさしい男になってしまう。女というのはそうした動物だということを認識した上でつき合わないといけない。それは技術だ。それができないと、本当にやさしくしなくちゃいけない時に、「あなたってやさしくないのね。いつもと同じじゃない」と言われてしまうのだ。小僧ども**のべつ幕なし**に女にやさしくするものではない、そのへんをよく考えて、ということを覚えておけ！

つき合っている女のコが強姦されてしまった！

くやしくて眠れない夜が続いてます。じつはつき合ってる彼女が、強姦されてしまったのです。家の近所で、男2人につっこまれてしまったのです。彼女の家の人は「ヘンなうわさをたてられるといけない」といって泣き寝入りすることにした。オレはその話を聞いて、くやしくてしょうがないのです。彼女の顔を見ると、どうしてもそのことが思い出されて、前のように素直につき合うことができなくなってます。オレはどうしたらいいのでしょう。

（静岡県　アキラ　21歳）

強姦

むずかしい。どうこうしろと言う前に、俺の経験を話そう。

ホテルに泊って小説を書いていた時に、知り合いの女の子から電話がかかってきた。「私、されたんです」と。どうしようと言うわけだ。しかも強姦されただけでなく、金を寄こせと脅されていると言う。本当かどうかはわからなかったが、とにかく警察に行け、それしかないぞ。警察に行ってちゃんと事情を話して訴えろ、と言ってやった。彼女は警察に行ったよ。明け方三時か四時だったと思うが、警察に行った。で、夕方、手続きが終わって、現場検証があって、医者に行って、調書かなにかが終わって、今、警察の電話からかけてます、と連絡が入った。

俺は、来いと言った。来たよ。疲れ果ててボロボロ、髪の毛はグシャグシャだし、着てるものはひどかった。俺は彼女の姿を見て、どうしようもなかったよ。どうしようもなかったから、**黙って抱いた。**ただ抱いた。それだけ。その後、女の子はベッドで朝まで死んだように眠っていった。俺はその時、彼女を抱くことしかできなかった。ほかに何もしてあげることができなかった。

君の口惜《くや》しい気持ちはよくわかる。だけどあの時、女の子を抱くことしかできなかった俺は、君にアドバイスできる言葉を持たない。小説的に言えば、強姦した奴を捜し出して、ひとりずつ、ぶちのめしていくとかなるんだろうが、現実問題としては、それだって所詮は虚しい行為だ。報われることのない行為だ。

俺はあの時、女の子を抱くことしかできなかった。悪いことをしたとは思わないし、あの時は抱いてよかったと思っている。ただし、強姦されました、と電話がかかってきた時にすぐ来なさい、と言って、部屋で寝かせてあげる方がよかったのかもしれないと思うこともある。それでも、何をしていいかわからない時に、結果として相手にしてやったことを、よかったんだと思うしかないんじゃないかな。

君のような立場に立たされることは、男にはあるよ。最良の策は自分で捜すしかないが、女の子をじっと包み込む**深さ**を持つことなんだろうな。

その場から逃げてしまうのも知恵だろう。そうすれば、相手も傷を晒《さら》すこともないだろうから。でも、それはしてもらいたくない。また、強姦されたから嫌いになったと言ってもらいたくない。俺は自分の経験を話すしかできないが、これからの君のとる行動によって、男というのは決っていくこともあるんじゃないだろうか。

彼女を妊娠させてしまった

今、俺は高2の17歳。ふつうの学生だったら、今が一番楽しいときだろう。しかし俺は今、一人の生命をもった人間を、彼女の腹の中につくってしまった。どうしたらよいのか毎日それればかり考えてる。できれば逃げたい。しかし、そんなこと、俺にはできない。かといって自分をすてることもできない。自分がかわいい、自分をいつでも大切にしたい。それと同時に、彼女も大切にしたい……。早くしなければと、あせるばかり……。このままじゃ、人間としてやっていけない。どうすればよいのか、意見を聞きたい。お願いします。

（東京都　タカ　高校2年生）

基本的には女を妊娠させたら、これは**父親**になるしかない。もし父親になりたくないの なら、妊娠させないようにしろよ。ここで**年貢**を納めろ。十七歳で納める奴もいるし、二十七歳で納める奴もいる。それをわかってやったんだから、今さら、グチャグチャ言うんじゃない。セックスとは、そういうことだ。

俺の話をしてやる。三十九年の人生の中で、感動と、途惑い、驚き、理不尽さを同時に感じてしまったというのは、最初の娘が生まれた時だ。娘が生まれて、看護婦に「あなたのお子さんですよ」と見せられた時、どうにもならないものを押しつけられたような気がした。人生そのものが、俺にどうにもならないものを押しつけてきたと思ったよ。

その頃からだ。小説でちゃんと金を稼がなきゃいけねえな、と思ったのは。それまでは志だとかなんとか言っていた。でも、そうした志とかなんとかは、この子にはなんの関係もないと思った。しかも、この子は放り出すわけにはいかない。自分が絶対に**引き受けてやらねば**いけない。そういうのは、重要な意味があるのだよ。

俺は、もしかすると、娘が生まれてなかったら、エンターテインメントに転向しようとはしなかったかもしれない。子供ができるというのは、そのくらい大きな意味があることなのだ。

さて、そのことを踏まえて、病院に行くなら、なるべく早いうちに行け。ただし、堕す時に、経済的な状況とか住むところの状況とかを理由に、子供が可哀相だからと、そういう聞いた風な論理をつけるのだけはやめろ。ただただ、死んでゆく子供に謝りながら堕すんだね。

その気になれば十七歳だって、男と女で働けば、子供ひとりぐらい充分に育てられるんだから。経済的理由を問題にするようなことはよせ。また、じっさいに肉体を痛めるのは女なんだぞ。お前は**心を痛めろ。**心を痛めることによって、多少は救われるのだ。

男のヤキモチをどう思われますか？

僕の悩みは、自分がヤキモチ焼きであるということです。僕には、付き合って1年になる彼女がいるのですが、その彼女が僕の友達と楽しそうに話しているのを見たり、芸能人の誰々がカッコイイというのを耳にしたりすると、とても腹が立つのです。よく「男のヤキモチはカッコワルイ」といわれますが、北方さんはどう考えますか？

（滋賀県　T・H　21歳）

男だって、ヤキモチは焼く。嫉妬の念を抱くことは、人間にとって当り前のことだ。では、何がカッコ悪いのか。ヤキモチを持て余して、表に出してしまうことがカッコ悪いんだ。たとえ、**嫉妬心**があっても、それをきちんと抑え込み、自分で処理できれば、何の問題もない。

嫉妬心というのは、結構**やっかいな情念**で、男と女の間を、嫉妬がダメにしたり、嫉妬が狂わせたりということが、しょっちゅうある。でも、どちらかが嫉妬心をきちんと抑えることができれば、それもうまくいく。俺だって、若い頃は、いくらでも経験した。俺の女が誰かと飲んでいたなんて話を聞くと、「なにぃ」と思ったし、誰かとラブホテルに入ったと聞いたら、「なにぃ」と思った。その時は、「俺は、おまえを一発張り倒す。それで忘れてやる。だから、二度とやるな」と言うこともできるし、「おまえとはさよならだ」と言うこともできる。要は、自分が許せる範囲をきちんと相手に示して、その範囲を超えた時には、その都度ビシッと話をすればいい。

男と女は、それぞれに相手を自分のものだと思いながら付き合っていくわけだが、よく考えてみると、お互いに重なり合っている部分というのは、四割ぐらいしかないんだ。あとの六割は、**別々**だと思ったほうがいい。その六割の別々のところで嫉妬したりするんだから、それは言葉で話し合ってみるしかないだろう。俺のような達人になってくると、二割ぐらいしか重なり合う部分はなく、あとの八割はお互い勝手にやっている。それでも、何にも感じない。あとの八割はおまえの勝手に生きろという感じで、それでもし傷ついたらやさしく抱擁してやる。俺ぐらいの歳になれば、そういう包容力が出てくる。だけど、若いうちは、なかなかそういうわけにはいかないだろう。

嫉妬に苦しむ。それだって人生だ。それだって恋だ。嫉妬したら、「俺は、ヤキモチ焼いちゃったよ」と素直に言えばいい。女には、「自分を好きだから、ヤキモチを焼いてくれるんだ」という気持ちが絶えずある。だから、悪い気はしないはずだ。それを別のことで当たったりするから、カッコ悪いと言われるんだ。

自分の気持ちをはっきりと伝えていれば、いま二割しか女と重なっていなくても、それが三割になり、四割になってくる。あとの六割はそれぞれの人生だから、勝手にやれ。

第五章

死にたくなった時は本を読め

孤独に関する問答

宝

寒い日が続いている。こんな時に船を出して、骨まで凍らせながら何時間も走り、それから腹に啜《すす》りこむ一杯のトン汁のうまさの話をしたのは、もう一年も前になるのか。

今年の冬も、俺は相変らず船を出しているぞ。トン汁だけだったレパートリーも、いまではさまざまな鍋ものにまで増えた。つらい時間のあとの、熱い料理のしみこむようなうまさを、今年も味わってるよ。おまえらは、おまえらのトン汁を見つけたか、小僧ども。

人生の救いが、金でも名誉でもなく、たった一杯の熱い料理だということもある、というこの深遠な真理を理解するまで、せいぜいいろんなトン汁を腹に流しこんでみることだ。女のことで、苦しむのもいい。仕事で悩むのもいい。それを克服する力こそが、人生の宝なのだ。苦しめ、悩め、のたうち回れ。しかし、最後の最後で、見苦しくはなるな。命を失う一歩手前に、必ず男の誇りというやつを持て。誇りさえ失わなければ、いつか宝は見つけられる。

もう生きているのが限界です

つい最近、私の母は病気でこの世をさりました。私はもう生きているのが限界です。公務員の就職試験もみごとに失敗して、もう一度浪人する運命になりました。高校に行けばクラスの連中にバカにされ、いじめられました。クラスメートの連中に集団リンチされて3ヵ月の重傷を負ったことがありました。就職も失敗して、人にいじめられて、こんな世の中生きているのがほんとうにいやになりました。私はこの時代に適していないかもしれません。北方先生、どうか私を助けてください。暗い毎日をおくっています。毎日、自殺のことを考えています。

(群馬県　K・A　18歳)

本を読め。とにかく読書しましょう。

たとえば『宮本武蔵』。ああいう精神の教条的な部分のある小説を読んでみなさい。それに没頭しなさい。『宮本武蔵』を読み終えたら次は、『眠狂四郎』を読みなさい。それから北方謙三……。小説の中の人間に少し入り込む。虚構の中に入ってみる。その少しばかりの時間が死をやり過ごす時間であって欲しいと思う。

読書というのはとても孤独な作業である。しかし、一人だけでイメージを結べるような世界に入っていくことが、君には必要なんじゃないか。また**読書は一種の酒**である。酒だから酔う。その昂揚《こうよう》は生きている時の昂揚であり、熱いはずだ。死に酔うような冷たい酔い方ではない。だから読書しましょう。

宮本武蔵になったり、眠狂四郎になったり、虚構の中で遊んでみよう。小説というのは、そうやって読んだっていいもののはずだ。俺は小説が世の中の役に立つなんて考えたことはないが、死にたがっている人間を止めるぐらいの時間を与えることはできると思う。

K・A君よ、約束してくれないか。本を五十冊読む、と。小説が嫌ならノンフィクションでも科学でも歴史でもいいから、とにかく

五十冊読むまでは死ぬな。

五十冊読んでみて、それでも死にたいと思ったら、また手紙をくれ。もう一度、話そうじゃないか。

もし、もう少し勇気があるなら女をつくるんだ。今、君にいちばん必要なのは外界との関係をどこかでつけることだと思うからだ。

勇気を出して一度、ナンパしてみろよ。

オレ、シャブ中毒で悩んでるんだ

オレはここ約8ヵ月間、シャブ（覚醒剤）をやっている。ひどい時は、うでがタコになるほどです。何人かやってるけど、数人が警察にパクられてしまいました。一人一人がパクられる日数は約1ヵ月です。最近もう、やめようやめようと思いながらもブレーキがかからず、です。町を歩いていても人がみんな刑事に見えます。尾行されてるとか、見られているとか、そんな気に本当になってしまい今度パクられるのは、自分の番ではないかと思います。一時期、本当にやめようと思い、1ヵ月やめたけど、また、手を出しているという結末です。友人のことまで信じられなくなってきています。このままでは、自分は悪魔にのりうつられてしまいます。警察にパクられでもしたら、母があまりにもかわいそうだし。でもやってしまう。何かきっかけになるような言葉をください。お願いします。

（千葉県　タミー　18歳）

俺はその昔、**シャブ中**を見たことがある。外国航路の船長だった親父が、横浜の日の出町とか黄金町を夜回りするのに小学生だった俺を連れて歩いたのだ。

マリーさんという娼婦に会ったのも、その頃だ。

そのなかで一番印象的だったのは『天国と地獄』の**麻薬の巣窟**みたいな場面を見たことだ。ある路地に、売人《バイニン》がやって来る。そこにはジャンキーがずらっといて、震えてる奴もいれば、ボーッと立ってる奴もいた。若いお姐ちゃんが、服をひきちぎってのたうちまわってるんだけど、誰も助けようとしない。それをつぶさに見せられて、親父に「あれが麻薬だ」と言われた。

そのことがあったからだろうか、俺は麻薬をやらない。シャブをやりたい奴は、勝手にやって**滅びていけ、**としか言えない。基本的にはシャブに手を出した奴は滅びていくしかない。しかし、君は滅びるのが嫌だと言って叫び声をあげてきているわけだ。

むずかしいが、人間の阿片《あへん》に手を出してみろ。マルクスは『資本論』の中で「宗教は人間の阿片である」と言っている。マルクスは否定的な意味で言ったのだけど、君の場合は人間の阿片が薬になる。教会なり寺なりに行って「シャブをやめたいんだ」と告白して入ってみる。寺なら禅寺がいいだろう。一時的に**坊主**にでもなるんだな。

何もしないでやめようとしても、やめられるはずはないのだから、何かに頼るしかない。それはこの際、恥じることはないだろう。

心を阿片に染めてしまえ、**人間の阿片**に染めてしまえ。母親を悲しませたくないと考えるなら、とにかく自分で処理するしか手はないぜ。

独りぼっちで淋しい——

北方先生、はじめまして。自分は20年間住みつづけた東京を離れ、松山へ転勤した24歳の社会人です。この地で8ヵ月が過ぎましたが、長年の友人、知人がいなくなり、何となく独りでいる生活が多く、自分自身に対する怒りに似たふがいなさと、得体の知れない恐怖感に悩まされています。自分自身が松山に住んでいるという生活が稀薄で、プライベートな知り合いもあまりいません。この独りぼっちの感覚をどうすべきですか。

（愛媛県　坊ちゃん　24歳）

女をつくれ。最初はブスでもいいから我慢して女をつくれ。女をつくって、その女がときどき部屋に来てさ、掃除をしてくれるとかいう生活になれば、松山に住んでいるという存在感のようなものも出てくるよ。松山の女をつくれ。

具体的な方法としては、行きつけの酒場をつくり、そこの女達と少し親しくなったら、しろうとの女をそこに連れていく。今度、飲みに行きませんか。ぼくはいい店を知ってるんだけど、とか**坊ちゃん、**もてるのね」とか酒場の女に言われるだろう。あとはきっかけをつかんで、なんとかするんだな。それ以上は自分で考えろ。

それができないのなら、もし君が青臭い自意識のようなものを持ってるのなら、それを自己主張にしちゃう手もある。俺は東京もんだ、と言うだけで、「鼻持ちならねえ奴だ」となる。それでも、鼻持ちならないという時点で、つき合いは始まっているのだよ。最初は、少々嫌味でもいいんだよ。東京で二十年間暮らしてきて、ファッションや何かでも流行のものを着て、髪型だって流行の髪型にして、それがみんなに**「鼻持ちならねえ」**と思われながらも、どこかで髪型が変わったり、ネクタイがちょっと変わったりして、松山してくる。松山してきたあたりから、今度は、おもしろい奴になるんだよ。

たしかに、独りで生きることの孤独感は怖い。基本的には誰も、独りで生きてるわけだけども、例えば俺が孤独感に襲われた時に何を思い浮かべるか。家族を思い浮かべる。あるいは、かつてすごく惚れた女を思い浮かべる。孤独を癒す拠《よ》りどころみたいなものを思い浮かべたりする。それは怖いからだ。でも、それでも、みんな生きているのだ。もし本当に危なそうだったら、下宿でもしたらどうだ。もちろんその場合は、**未亡人下宿**にするんだぜ。

せいぜい頑張りたまえ。

悲惨な灰色の青春を送っています

北方先生、僕は現在、本気で死ぬほど悩んでいます。高校を卒業して2年目の僕は、現在、無職の19歳ですが、高校時代そこがなじめず、からかわれたり、いじめられたりされ、また好きなこと、やりたいことが結果的にまったくできず、どうしたらいいかわからないままズルズルと悲惨な灰色の青春を送り続けてしまいました。父は僕の顔を見ると、勉強、勉強としか言いません。先生、僕はこんな心理状態でも机に向かうしかなすすべがないのでしょうか？（海外での）中学時代、そして高校の初めころは、何でもできそうな気がしましたが、今は頭がこんがらがって何が何だかわかりません。生きるのが嫌になって死にたい気持ちです。先生、こんなあわれな僕に御意見をお聞かせ下さい。

（東京都　GOING DOWN　19歳）

耐えていられるか

俺は大学を出て、まともに就職ができなかった。将来の見通しがまったくないまま小説を書いていた。その時、親父に一度だけ言われたことがある。男というのは十年間同じところにじっとしていられる、どうかによって決まることもある、と。言われた時はわからなかったが、そこそこ小説で生活ができる状態になった時に初めて、説得力のある親父の応援のようなものだったということがわかった。そのことを伝える前に親父は死んでしまったけれど、今でもその言葉をよく思い出す。

俺はその言葉を君に贈りたい。そして考え直してくれ。

青春なんてものは何かを為し遂げられるような時代じゃないんだよ。いろんなものを喪《な》くし、いろんな傷を受け、同時に何か大事なものを一つだけ獲得していく。たとえば**十年後に生きる**ようなものを獲得していく。そういう時代なんだと思う。何をやってもうまくいかない。それもまた青春なのだ。

高校を中退してしまったけどこれからどう生きたらいい

僕は、15歳の男です。先生に相談したいことは、高校のことです。僕は、学校で勉強するのが嫌いじゃなかったんですが、たった1ヵ月でやめてしまいました。つまり、高校中退ってことです。僕は、今からどうやって生きていこうかと思っています。中退だと、働くこともきびしくなると聞いていますが、どうしたらいいでしょうか？

（兵庫県　K・M　15歳）

今、高校中退者というのは、結構いるだろう。高校を中退した場合、大学を受験する資格がない。大学の受験資格を得るためには「大検」に合格しなければならない。が、今は、その「大検」を受けるための塾があったりするぐらいだからな。つまり、大学に行きたいのならば、そういう道があるわけだ。

だが俺は、今の時代大学に行くことがどれぐらい正解なのか疑問に思うね。たとえば、**手に職**をつけるという言葉があるが、手に職をつけると、一日いくらぐらい稼げるか、おまえは知っているか？　これが、結構な額になるんだ。特殊な職だったら、一日四万円とか五万円とかになるだろう。それで、一ヵ月働いてみろ。サラリーマンならば、重役ぐらいにならないともらえないような金を獲得できるわけだ。

リストラ

そういうことを考えても、今はもう学歴さえあれば、いい会社に入り、いいポジションを得て、いい給料をもらえるというような時代ではなくなっている。特に、俺ぐらいの年代というのは、非常に切実だよ。今、俺ぐらいの年代で大会社に入った奴らは、みんなだいたい部長ぐらいになっている。彼らは今、「そろそろ中途退職してくれないか」と言われているんだ。要するに、リストラだ。「退職金は上乗せするから、退職してくれないか」と迫られているわけだ。こうなると、終身雇用なんていうものは、当然ながら崩れてくるし、これからの生き方で何が正解なのかということは、誰にも言えない。

十年間修業

中学を卒業し、なにか修業を積んでいく。二十歳になれば五年間修業したことになるし、十年間修業しても、まだ二十五歳だ。十年間修業をするということは、すごいことだ。そうやって、修業を積み、手に職をつけていけば、いい大学を出て、サラリーマンをやっていくよりも、はるかに多い収入が得られるかもしれないし、社会的な地位だって獲得できるかもしれない。おまえは、「働くことがきびしくなる」と言うが、そんなことはない。人生なんてどうなるかわからないよ。

ただ、それをどうしろ、こうしろと、人に決めてもらうな。自分で決められる男になれ。俺はそれをおまえに望みたい。

口臭と体臭がひどくて悩んでいる

私の悩みは、口臭と体臭がとてもひどいことです。それに気づいたのは、中3の2学期です。クラスメートに「臭いからあっちにいけ」と大声で言われました。すごくショックを受けました。それから、毎日、歯肉が擦れるほど歯を磨いたり、痛くなるほど脇を拭いたりしているのですが、高3の今になってもいっこうに臭いはとれません。先日も、たった一人の親しい友人にコンパに誘われたけど、女子高生たちに「臭い」と言われ、差別を受けました。最近は落ち込みもひどく、そのせいか、胃が痛くなったり、大地が斜めに見えたり、髪の毛が薄くなったりしています。おまけに真性包茎で、自分の人間性に欠ける知恵のなさや弱い人間であることなどを悩んでいます。どうか先生の意見を聞かせて下さい。お願いします。

（?県　稲中の前野　?歳）

越前に**永平寺という禅寺**がある。そこに行って、三年間修行してこい。肉も、魚も食えない。もちろん、女もいない。毎朝三時に起きて拭き掃除。あとは、ひたすら座禅を組み、あらゆる**煩悩**から脱却し、悟りを開く。そこで三年修行をすれば、口臭や体臭なんて絶対に気にならなくなる。

それが嫌なら、もう少し図太くなって考えろ。たとえば、ニンニクを毎日食う。それで、「ニンニク臭い」と言われても、「当り前だ。俺のこのパワーの源はニンニクだ」と言えるぐらいの図太さがあれば、悩みは自然に消える。

とりあえず、ソープに行ってみろ。ソープ嬢に「クセエ」と言われたら、

「これが俺の臭いだ」

と言ってやれ。

そういう言い方に慣れることが、おまえにはまず必要だ。そして、彼女ができたら、同じ言葉を言ってやれ。

悩みというのは、開き直って図太くなった奴のほうが勝ちだ。

臭い男の人生

を見せてやる、というぐらいに開き直って腰をドカンと据えていれば、臭いだって存在感になってくるものさ。

イッチョマエの男になりたい！

「男である」ということについての、オレの意見を聞いて下さい。オレは自分の中にいる〝イッチョマエの男〟と毎日戦いながら生きているんです。いつ死ぬかわからないけど、死ぬときまでにはイッチョマエの男になって、ひとかけらの後悔もなく死んでいきたいと思っています。もちろん、今の自分は弱いです。ちっぽけです。でも、時々、神様に礼をいうんです。「こんな弱い男に生んでくれて、そして、試練ばっかりのとんでもない運命を与えてくれてありがとう」と。ここでは書けませんが、本当に辛いことばかりです。いつも絶望と開き直りの繰り返しで……。それでもイッチョマエの男にこだわって、自分を信じてがんばっているのです。ちっぽけなプライドでしょうか？　こだわりすぎでしょうか？　みんなそうやって強くなるのでしょうか？　先生ほどの男なら、何度も絶望を乗り越えて、それだけの男になったのでしょう。先生の絶望例、そして、オレに対する意見を聞かせて下さい。仕事でもなんでもそうですが、男の人生は30歳までの努力ですべてが決まってしまうと聞きました。正直、焦っています、どうかこんな小僧に強くなれるきっかけを下さい。

（長野県　オトコ　18歳）

おまえは**悩み方を間違っている。**イッチョマエの男になろうと思って、イッチョマエの男になるわけではない。自分の生き方はこれだと決めて、それがきちんと守れたら、イッチョマエの男なんだ。悩むなら生き方に悩め。イッチョマエの男なんていう言葉に振り回されているうちは、いくら悩んでもムダだ。

はっきり言って、俺は絶望したことがない。挫折したことは数限りなくあるが、**絶望はしなかった。**絶対に立ち上がれると思った。それは、俺の人生の誇りであり、今になって非常に役に立っている。何があっても怖くない。何があっても負けない。最期を迎えても、「俺は全力で闘ったな」と思って、死ねるだろう。それが生き方だ。そういうことを考える前にイッチョマエの男という言葉が先にきてしまうから、おまえはダメなんだ。

まず、イッチョマエの男という言葉を頭から消せ。そして、自分の生き方を決めて、一生懸命生きてみろ。自分の生き方を決めたら、絶対絶望しない。何度挫折しても、**挑戦**してやる。まずはそういう気構えを持て。そうすれば、言葉ではない何かが、きっと見えてくるだろう。

北方謙三 高校時代の詩

序詩

孤独な恋は終ったのだから
自信なくいつまでも
僕らは接吻を繰り返えす訳にはいかない
ああ
抱擁を解き過去を見れば
恋人の屍はるいるいと
俺の歩いてきた道しるべ
だが
あいつは知っていたのだろうか
白薔薇を真紅に染める
自信すらなかった俺のことを

恋人の脚

スポットライトを
恋人の脚に当てて
浮上った曲線の中に
僕は遠い旅路を発見した

美しいのは
腰の線や　豊かな乳房や
そして優しげな瞳ではない

過去から未来へ
僕を踏み越えて歩く
凛烈ないのちをもった
エンタシスの脚だけなのだ

芝学園文芸部　詩集「まるめろ」収録　北方謙三　雑詩集『恋の唄』より

第六章

七転八倒しながら男は仕事をする

仕事や進路に関する問答

魔術師

ジョー・メデルというボクサーがいた。

静かな眼をしていたが、どこか無気味な迫力があった。対戦した日本人選手は、いいファイトをしてロープまで追いつめていく。ここぞという時、なぜか追いつめた方がマットに沈んでいるのだ。人呼んで『ロープ際の魔術師』。呼び名にふさわしい風格もあった。

俺も、『魔術師』と呼ばれている。締切に追いまくられ、周囲がもう駄目だと思いはじめた時に、なぜか馬力が出て書きあげてしまう。しかも、そんなふうに追いつめられて無我夢中で書いたものは、決して悪い出来ではないのだ。

人が俺を『締切際の魔術師』と呼ぼうと、俺は魔術だなどとは思っていない。実力なのである。実力を出すために、危機的な状況を必要としているだけだ。

追いつめられた時の、一撃必殺のパンチ。これこそ男のパンチであ

る。そう嘯《うそぶ》きながら、俺は締切を横眼で見て昼寝をしている。

自分に合った仕事を見つける方法は？

北方さん、今の仕事は楽しいですか？　人生を楽しんでいますか？　人生観について訊きたいのですが、いろいろな考え方があると思います。楽して生きたい人、努力して生きようと思う人、まじめに生きようという人、人生に流されるままに生きる人、しようがなく好きでもない仕事をしている人、さまざまですが、たった一度の人生をどのように生きていけばいいのかわかりません。ぜひ人生観というかサクセスを教えて下さい。やっぱり自分に合った仕事をあきらめずに探すことでしょうか。もし見つからなかったら……。

（北海道　ペンネーム・まよえる小羊　19歳）

仕事が**楽しいわけねえよ。**一日一日が楽しいわけねえよ。一日一日が楽しくて、素晴しくて、充実していたら、人生の充実なんてなくなってしまう。仕事をする時は苦しいよ。俺は自分が死ぬんじゃねえかと思うような状態でそれこそ**七転八倒**しながら仕事をしてることがある。何故、そんなことをやっているのか？　五百枚なら五百枚の作品を書きあげた時に、ものすごい喜びがあるからか？　小説を書き始めて七年になるが、書き上げた時は、たしかに多少の喜びはあるね。ああ終わった。ちゃんと書けたな。なかなか充実して生きたな。そういう喜びが多少あるわけだよ。で、書斎の本棚を見ると、けっこうな量になっている。四十冊以上になっている。ああそうか、俺は四十回もあんなふうに頑張ったのかと思って、四十冊分のある種の喜びを感じることがある。一生でも同じなんじゃないか。俺が死ぬ時に、**背丈の三倍**ぐらいの本を書いちゃったよ、何百回となく、ホッとしたり、悔いが残ったりしながら、それでもこれだけの仕事をやったのか、なかなかやったじゃないか、と思いたいよね。そんな生き方をしたいと思う。とにかく十でも二十でもいいから、喜びを自分の手で摑んでみる。それが積み重なっていって、人の一生というのは成立してると思う。**一日一日はつまらなくても、**人生全体を見渡してみれば、だから生きる価値が生じてくるんだ、と思いたいじゃないか。

サクセスということで言えば、自分ではまだ成功したとは思っていない。たしかに成功というものに向かって、かなり強引につっ走っているさ。でも勝負は気が遠くなるほど長いんだよ。**まだ緒戦**だ。ほんの緒戦に臨んでいるだけだ。

君は自分に合った仕事を見つけたい、と思っているようだが、現実には、どれが自分に合った仕事なのかわかりはしない。俺だって、自分が小説家に合ってるかどうかわからない。大多数の人が、そうだと思う。でもとにかく一歩踏み出してみて、踏み出したところでいろんなことを感じて、次の一歩をどうするか決める。それしかない。人生というのは生きてみないとわからない。これが**俺の人生観だ。**

集中力がなくて困っています！

僕は高3の受験生。テストももう間近。でもはっきりいって合格する自信などありません。机に向かおうとはするんですが、すぐテレビをつけてしまったり、HDPなどの雑誌を見てしまったりして、ちっとも勉強に集中することができません。そのため、すぐボーッとする癖がついてしまい、授業中でも、友達と話していても、よく大事なことを聞きのがしています。いっそテレビや雑誌を捨ててしまおうかと考えたこともありましたが、だめでした。何かよきアドバイスがあれば教えてください。

（大阪府　N・N　18歳）

集中力が金で買えるなら買いたいね。君の気持ちはじつによくわかる。俺も締切り間際でヒーヒーいってる時に、なぜかホットドッグ・プレスなんかを読んでるからね。悔しいことに、そっちの方には集中するんだよな。気を散らした方には集中する。

人間なんて、そんなに集中力のある動物ではないんじゃないか。俺はよく夜中に、ガンベルト**早撃ち**の稽古をする。コルトガバメントというオートマチックの拳銃の抜き撃ちつけて早撃ちの稽古をする。あるいは銃身の上にコインを載せて、それが落ちないようにトリガーを引く稽古をしてる。朝までやってしまう。ものすごい集中力だ。しかし、たとえば明日、競技大会がある、と。今夜のうちに練習しなくちゃいけないと思った時には、逆に拳銃の練習ができなくて、小説を書いてしまうのではないかと思う。つまり人間は、自分が本当にやらなくてはいけないことに対しては、そんなに長時間の**集中力は持ちきれない**ものだと思うのだ。

集中力が金で買えればいいけれど、これはっかりはどこでも売ってないんだから、自分の集中力が高まる状況を把握して、一時間でも二時間でも集中するしかないと思うな。

寿司屋の修業が辛くて悩んでいる

悩みに悩んだ末、ペンを取りました。自分の家は、寿司屋を経営しております。今年の春に調理師の学校を卒業し、家を継いでいます。小さい頃から父親の後を継ごうと思い今まで来ましたが、卒業してからというもの、始めてみるとたいへん辛く、父親も考えの古い人で、少しのミスでも怒鳴り散らし、耐えるにももう限界です。学生の頃から夜は手伝いをしていましたが、本業に入ってからは言うまでもなく、辛い日々を送っています。どうせなら他の修業に行きたいのですが、聞く耳すらもってもらえません。ついには胃潰瘍にまでなってしまいました。自分自身としては寿司屋など、向いていないのではと、転職も考えています。わがままな気持ちですが、頼る人がいなく、北方先生の本気の意見を、よろしくお願いします。

（埼玉県　D・I　19歳）

いわゆる職人の道というものを考えてみると、おそらく二年や三年の修業ではなくて、**十年の修業**が必要であるだろうと思うのだよ。胃潰瘍になってしまうほど修業が辛い、というが、それなら胃を取っちまえよ。

俺は二十歳そこそこの頃から、ずっと文章を書いてきた。で、編集者の所に持っていくと、叩き返**おまえなんか作家になれるわけねえよ、**と言われたよ。その時は黙ってされたよ。

帰って、部屋の中でころげ回ったよ。そして次に何をやったかというと、また原稿用紙に向かっていたんだな。それと同じだと思う。それができたから俺は、運のよさみたいなものに恵まれて、小説家をやっていられるのだと思う。

君はまだ三ヵ月かそこらしか修業をしていない。それなのに胃潰瘍になっているようなら、これは何をやってもだめだ。修業を必要とされている仕事に関しては、何をやってもだめだ。だけど、ほかに向いている仕事が何かあるかといっても肉体労働をやればやったで、これは辛いぜ。すると肉体労働も辞めて、どんどんほかのもっと楽な仕事、しかも落ちていく道を辿《たど》ることになる。俺には君が**落ちていく道**が見えるようだ。

落ちていくのは、悪いとは思わない。落ちていくのも人生だ。しかし、落ちまいとするのも、もっと素晴しい人生なんだということを、ちょっと考え直してみないか？　もう少し我慢してみろよ。

犬の眼

黒いラブラドールを飼っている。

俺に忠実である。いいものだな。女の忠実さなど期待できないから、犬にそれを求めているわけではないぞ。女どもも、俺には忠実さ。ただ、犬の忠実さというのは、無垢なのだ。叱れば悲しそうな眼をするし、ほめてやれば喜ぶ。だから、俺も素直になれる。

生きることの喜びなど、実にたくさんある。俺にも、おまえらにもだ。しかしそれをずっと見続けていると、いつか曖昧《あいまい》になり、大したものではなくなってしまう。それも、人生というやつなのだ、小僧ども。ほんとうの喜びなど、一生で何度出会えるのだろうかと、俺ぐらいの歳になると考えてしまうのさ。それでも、生きることの意味を見失ったりはしない。これまでに、何度か心の底からの喜びを実感しているからな。

いまは、結構しんどい。長い長い仕事をしているところだからだ。

できるだけ、先は見ないようにしている。そして、疲れて周囲を見回すと、犬の眼が俺を見ている。
それが、いまの俺の日々だ。

田舎に帰るべきか？　東京で働くべきか？

自分は農家の長男です。両親は農業をやり、共稼ぎで、工場につとめ、馬車馬のように働いて、自分と弟を、東京の私大へ行かせてくれました。そして自分が大学を卒業したら、市役所などの転勤のないところに入って、一緒にくらすことを望んでいるのです。しかし市役所に入るのは、コネとかいろいろあってむずかしく、家から通える会社などはないのが実情です。また、市役所に入ってしまうと視野が狭くなってしまうし、東京の楽しさを知った自分には、その地方はつまらなすぎると思うのです。だからといって家を出て、自分の好きな仕事についてしまうのは、親を捨てることになって、しのびない。弟は理系なので、まして家にもどってこれない。男として、長男としての決断の手がかりをください。

（茨城県　長男　？歳）

難しいところに立っている。ここは一つの**正念場**だ。おそらくは、正念場だと思う。

自分の職業が、周りの状況とうまく嚙《か》み合っていないという時は、まわりの状況を捨てるか、その職業を捨てるか、どちらかになってしまうだろう。二者択一の状況のわけだ。その時に、これは！　という解答なんてないんだよ。悲しいけれど、ないんだよね。どちらかを取って生きていくしかない。

俺がここで、両親を大事にしながら農業を継ぐのが長男の務めだ、と言うのも簡単だし、そういう時代じゃないんだ、経済的に両親を面倒見てあげられるように、東京でうんと働いて出世していけばいいだろう、と言うのも簡単だ。だけども、これは君自身の問題で、君の正念場だ。

苦しめよ。苦しんで苦しんで、一時的に、両親を捨てることになったとしても、俺はそうやって出した結論であれば、それでいいよ。

一つだけ気になることを言えば、君は市役所に勤めるのが難しいと考えている。それはコネがないからだと言う。しかし、実際には自信がないのだろう。自信のなさをコネという言い方で**逃げている。**自分に実力がないから市役所には入れない、というふうに、一つずつ片づけられるものは片づけていけ。そうした事実の上に立って、決断をしろよ。

ＨＤＰの読者の中にも、こうした悩みを抱えている人がいると思う。他人に相談したいよ。相談したいけれども、これはいちばん相談してはいけないことだと思う。他人は他人だよ。自分の生き方は、**自分で選べ！**他人に選んでもらっちゃ、だめだ！

中間管理職の辛さを乗り越えたい

僕は22歳の社会人で、会社では、後輩４人と先輩４人と一緒に仕事をしています。このメンバーで仕事を始めて約半年経つのですが、先輩には気を使うし、後輩には威厳と貫禄を見せないといけないし、両方の顔を持つのも大変です。ところが、これを乗り切るためにテンションを上げて全力で仕事に取り組むと、すべてが空回り。やることなすことすべてが裏目に出てしまいます。それでもがんばろうと、さらにテンションを上げて仕事をすると、僕の仕事ぶりに先輩は困惑した表情を見せ、後輩も苦笑いを浮かべています。このままだと僕の居場所がなくなります。毎週、日曜の夜には涙が止まりません。この中間管理職の辛さは、どうしたら乗り越えられるでしょうか。教えて下さい。

（大分県　Ｔ・Ｔ　22歳）

たまには、仕事を**サボってみろ。**

たぶん先輩には怒鳴られるし、後輩からは「しっかりして下さい」などと言われるだろう。その翌日、今度はテンションを上げてみる。その時は、みんなが、「そこまでがんばる必要ないよ」と言えるさ。いつもテンションを上げているから、誰も、「そんなにテンションを上げるなよ」と言えないんだ。つまり、自分で自分を追い詰めてしまっているわけだ。

はっきり言って、真面目すぎる性格が仇《あだ》になっている。もうちょっと不真面目に、適当にやっていればいいんだ。人生というのは、**メリハリ**なんだ。張りだけ

でプツンと切れるよりも、弛んでいる時と張っている時の二つがあれば、人というのは付き合いやすくなる。あんまり物事を堅苦しく考えるな。仕事を一生懸命やるのはいいけれども、一生懸命の中にもメリハリをつけてやってみろ。

転職するかどうかで悩んでいます

4月に田舎から名古屋に就職で出てきて5ヵ月になります。目的があったわけでもなく、ただ親元を離れて一人暮しをしてみたいと考え、出てきました。今の会社はアパートも借りてくれ、けっこう待遇のいい会社ですが、仕事は電気関係で大きな機械の据付をやっているので肉体労働です。今の会社でもやっていけないことはないのですが、自分は本当は小さい頃から車の修理工になりたかったのです。新人なので上からはボロクソに言われ、今はクタクタです。

他の会社に移っても、新人はボロボロに言われると思いますが、どうせやっていくなら自分の好きな、少しぐらいきつくてもやりがいのある仕事につきたいと思ってます。今の会社は3〜4年もすれば仕事も完全におぼえ、どんどん上に上がれると思いますが、小さい頃からの夢をいまだに捨てきれない自分です。今、本気で悩んでます。

（愛知県　T・S　?歳）

俺の自慢のマセラッティがちょっと調子が悪い時に、

年寄りの修理工がいる。この人は本当に名人なのだ。俺の自慢のマセラッティがちょっと調子が悪い時に、診てもらったことがある。耳を近づけ、ジーッとエンジンの音を聴いていたかと思ったら、

泣いている

と言うのだよ。車には絶対にいい声を出す状態というのがあるというわけだ。で、メーカーから教育を受けている人とはまるで違う調整をしてくれた。

マセラッティに乗って感動したね。それまではアクセルを踏み込むと、ときどき息継ぎすることがあった。燃料がサッと流れなくてガクンとしてからビューンとなる。その息継ぎは治らないと思っていた。それが一度も息継ぎをしないのだ。

この娘はこんなに**いい声を出す**のか、というぐらいすごい声を出す。

その修理工と話したら、小さいころから車が好きで、エンジン音を聴いていた、と言う。車が生きものに感じられるようになっているのだ。車がちょっと泣いている時に、エンジンの音をずっと聴いて、どこが痛いのか話すことができる。名人だと思ったね。

さて、君が本当に車の修理が好きなら、そういう修理工になって欲しいね。車を**生きもの**として扱える修理工になってくれたら、俺は君に車を診てもらうよ。人間は好きな道で商売を選べたら、それがいちばん幸福なのだ。

悩むことはない。**転職**しなさい。

第七章

自分のルールを持っているか

怒りと喧嘩に関する問答

行間

俺は、『サマー・タイム』という唄が、三十年も前から好きだった。夏の愉しさのことを唄ったものだろうと、長い間思っていた。夏のある日、暮しはとても楽で、魚は水を撥《は》ね、綿の木は高くのびている。君のパパはお金持で、ママはとてもきれいだ。直訳すると、そんな歌詞になる。ところがある時、もの悲しい黒人の子守唄だと知った。お腹が減っても、だから坊や泣かないでね、と続くのだ。お腹が減ってというところだけ、行間にある。つまり貧乏で、食べるものにも事欠いているが、唄だけでは夢を、というわけだ。

行間ってものは、時々、はっとするほどの意味を含んでいるのだな。小説でもそうだぜ、小僧ども。そして、人生でもな。行間のない人生など、悲しさや淋しさのない、だから喜びもない日々でしかないのだ。

別に、深い意味で、お前らに説教しようとしているのではない。夏が近づいてきて、この唄を思い出した。

唄えない代りに、ちょっと語ってみただけさ。俺、どうも音痴らしいのだな。

ケンカの売り方を知りたい

はじめまして、北方さん。北方さんは自分より強いやつにケンカを売ったことがありますか。私は今、そのような立場にたたされています。というのも、となりのクラスに、前からゆるせないやつがいるんです。そいつはすごく自己中心的なやつで、そいつの犠牲になったやつは10人ぐらいいます。私もそのひとりでした。

そして今、そいつにケンカを売るべきか、このまま静かにしておくか、悩んでいます。そいつは結構強く、そして同じぐらいの強さの仲間がいます。自分の立場は、かなり不利な状況にあります。それでも、あえて立ち向かっていくべきでしょうか。どうぞ教えて下さい。

（長野県　H・I）

尻は見せられない、

男が喧嘩をする動機で、いちばん多いのは成り行きだろうね。俺自身、振り返ってみても、ほとんど成り行きで喧嘩をしている。その成り行きのなかには、絶対に譲れない、絶対に頭を下げられない、絶対に尻を見せるのはオカマを掘られるのと同じだ、という思いがあって、その瞬間に手が出ていた。でも、喧嘩を売ったことはないな。売られた喧嘩を買っただけだ。

人間には臆病さがある。臆病さとはどういうものかを話そう。

一九六九年だった。俺はデモに行った。代々木駅のホームから飛び降り、線路沿いに新宿駅まで突撃する部隊だった。その時「飛び降りろ」と言われて、飛び降りられない奴がいた。なにしろ飛び降りたら最後、逮捕されるしかないという感じで、ビビるわけだ。どうしようかな、怖いなと思うと、俺も膝が笑いそうだった。と、すぐそばに、本当にビビって**ガタガタ震えてる奴**がいるのだ。俺はそいつの背中をどやして「しっかりしろ」と言った。その瞬間に俺は平気になった。

つまり、こういうことだ。臆病さと、行動を起こさせる動機となる気持ち、勇敢さでもやけっぱちでもいいけれど、両者は心理的には**紙一重**なのだよ。臆病さには行動を抑え込んで金縛りにしてしまうところがあるが、その金縛りが解かれた時の人間は、ダーッと走るわけだ。それはすごい差があるんだけれど、俺の経験から言っても、本当に紙一重なのだ。俺もヤバかったが、俺よりちょっとだけビビった奴がいたために、俺は飛び降りることができた。ただそれだけのことだ。

臆病であることを恥じることはないと思う。ただし、臆病であり続けることは恥じないといけない。そして金縛りにあった時、どうやって自分を解き放つか。これは、その瞬間に、自分をどういう男として位置づけるか、ということしかないんじゃないかな。

ある時には、屈辱を受けることも勇気であり得る。ようは自分の生き方やルールにひっかかってきた時は、**男はやるしかない**ということだ。勝つか勝てないか、ではなく、いつでもやるかやらないかなのだ。

あとは、ひと言も喋らない、目をつぶらない。これができたら躰は自然に動くだろう。

いじめてた奴が自殺未遂を図った

オレは高校2年生。身長は165㎝しかないけど、ケンカは強くてみんなからは一目おかれています。じつは、オレのクラスにオレそっくりのなさけない野郎がいたんだ。もう一人の自分を見ているようで、意味もなくムカつき、毎日そいつの顔を見るたびにケリを入れたり、みんなの前でズボンを脱がせたりしてたんだけど、そいつ、自殺未遂しちゃったんだ。ノートにはオレへのうらみの言葉がいっぱい。「殺してやる」とか「のろってやる」とか……。オレ、なんとなく学校に行きにくくなっちゃって、いま休んでるんだけど、どうすりゃいいのかなあ。たすけてくれよ。

（埼玉県　Y・I　17歳）

〝いじめ〟の問題だな。それも同類を憎むというおもしろいケースだ。君は「意味もなく」というが、意味はちゃんとある。自己嫌悪だ。自分をぶん殴りたいという衝動を自分と似た奴をぶん殴ることでごまかしてきた。

どんな理由があるにせよ、弱い奴をいじめるのは、**廉恥心が許さない**ね。これは男としてもっとも恥ずかしい行為だ。やってはいけないことだ。そのことを踏まえた上で、今、君の人間が問われている。遺書が出てきて衝撃を受けた。学校に行きにくくなって休んでしまった。これは逃げ、だ。見失った廉恥心を取りもどそうとしていないじゃないか。

いいかい。ここで、強い者と弱い者の差を認識しろ。君より強い奴はいくらでもいるし、生まれつき弱い奴もまた、いるわけだ。今は腕力という次元で、ケリがついているが、社会に出た時にはそんなものは通用しないんだということを、よく認識してもらいたい。

喧嘩が強いなんていうことだけに価値観を置かないで、男のあり方、つまりどこに男の恥があるかというところに目を向ければ、自ずと取るべき態度が決まってくる。

学校に行くんだよ。学校に行って、冷たい視線にさらされて、それに耐えぬく。いじめた相手に対しては、**土下座しろ。**土下座すべきて「すみません」と言える勇気があるか、ないか。「すみません」と言って許される問題ではないが、それが言える勇気があるか、ないかが大事なことなんだ。

自分に恥じないと思ったら、どんなみじめな状況にだって耐えられるはずだ。ここでキチンと謝るかどうかに君の第一の選択がある。その選択ができたなら、あとは自分で考えられると思う。そこまで人に相談することはない。とにかく自分の恥を知る心を賭けて、土下座してみるんだな。君の男を取りもどすチャンスなんだから。

それからも**自分のルールを持つ**ことだ。少々気にくわない者をぶっ飛ばすうひとつ。ことは悪いことではないが、そのぶっ飛ばし方に際限がなければ、どういう悲劇的なことが起こるか、身にしみただろうから、これからは喧嘩の仕方にもルールを持つんだな。

スケベなオヤジをのしてしまいたい

僕には今、憎い男がひとりいます。その男は僕が小学校からつき合っている友人のお父さんです。その男は僕の彼女の働いている（アルバイト）店に1日に4回もあらわれ、彼女にちょっかいをだしています。その男は僕の彼女とは知らないようです。あるときは、店が終わってから、彼女に「何かほしい物があるか」と聞いたそうです。「水着がほしい」といったら、「好きなのを買ってあげるから、ここで着替えてみろ」といったほどのスケベな男です。そんなことがあったので、僕はとても彼女が心配でしょうがないのです。あまりしつこいようなら、その男をのしてやりたいと思います。友人の父だろうがしったことじゃない！　そんなちんけなことをしてる野郎は一度のして、こりさせなきゃ気がすまなくなってきました!!　このような僕の気持ちはまちがっているでしょうか。北方さんの考え方を教えてください。参考にしたいのです。

（東京都　K・H　16歳）

ひとつだけ注意しておきたいのは、**彼女が本当にいやがっているか**どうか、ということだ。こういうことをいやがらない女の子もいるからな。その上で、彼女ともっと深い関係があるのなら、「自分の彼女だ」と主張する権利はあるし、それでもしつこいようだったら話をつける権利もある。相手が友人の父親であろうが関係ない。友人だって関係ない。

さて、そこでだ。君の友人の父親は四十歳を越えるかどうかの年齢だろう。そのくらいの親父はけっこう強いぜ。けっこう強いから、のされるつもりでやってみろ。

大人の男というのは、十六歳の少年が持ってない何かを持っている。それは人生の経験だったり体験であったり、傷であったり、もっと世俗的な金であったりする。その持ってるものに圧倒されないことだな。

十六歳の少年と向い合った時に自分の十六歳のころを思い出して、**やさしく包み込む**芸当だって大人はできることがあるのだ。そのことは覚えておけ。そして、その一途なものを、目をそらさずに相手にぶつけてみろ。い、のすことに意味があるわけでなく、**勝負すること**に意味があるのだから。

いじめっ子をやっつける方法は？

僕は現在二人にいじめられています。そいつらと喧嘩をしても勝つ自信は充分あるのですが、いざそいつらを前にすると、ビビってしまいます。どうすればビビらなくなりますか。一人は弱いのですが、喧嘩になるとすぐ凶器を持ち、もう一人は背は低いのですが、喧嘩は学年のなかでも強い方に入っている奴です。

（兵庫県　M・H　14歳）

よほど悩んでいるらしいな。俺が出ていって、その二人をぶん殴ってやるわけにはいかないから、これは君一人で闘わなくてはいけないわけだ。

かなり具体的に相談してきているから、俺も具体的に答えてやろう。

まず、背の低い奴と**サシでタイマン**を張る。その時は、相手に、こいつは死ぬ気できていると思わせることだ。ここで死んでもいいや、と思えるか思えないか。死んでもいいや、と思った瞬間に、ビビるとかなんとかいうことは関係なくなる。で、勝った時には、完膚《かんぷ》なきまでにぶちのめす。もしやられたとしても、自分から、まいりました、とは絶対に言うな。手も足も出なくなった時に、殴る奴は絶対に強くない。絶対に強くないよ。だからその時に、手や足が出たら、相手はひるむよ。

人間というのは頑張れば相当のことができる。そして今、人生の中でやるしかない時になっているんだ、ということを認識して、とにかくやってみろ。**凶器を持つ奴**は、その後、ゆっくり料理すればいい。

とにかくやってみろ。そして、やった結果をもう一度報告してこい。

俺はへらへら男なのです……

北方さん、俺はこれから、2度目の浪人生活を迎えようとしている男です。今まで誰にも相談できず、一人で悩んできたことを、聞いて下さい。俺は中学の頃から、いじめられっ子でした。それというのも人との仲を深めたいがために、思わず腰の低い人間を装ってしまっていたからです。それ以来俺は、周りから散々からかわれてきました。高校に入学し、精神を鍛えようと水泳部に入部しましたが、やはり人前ではへらへらしてしまい、ついには後輩にもなめられるようになってしまいました。はっきり言ってその6年間は、ただ辛いだけのものでした。そして今、俺はその性格から抜け出そうと、必死に努力しています。でも人と話していても、自分に自信がないため、つい弱気になってしまいます。話している最中、「こんなしゃべり方で良いのか、こんな態度で大丈夫なのか」と、いつも考え込んでいます。明るかった小学校時代を思い出し、あの頃の性格を取り戻そうと思う時もあります。そして人と接するのを恐れている自分が悲しくて仕方なく、完全に自己嫌悪に陥っています。これからどのように人と接すれば良いのか、今の俺にはわかりません。北方さんのアドバイスが、少しでもためになればと思い、筆をとりました。よろしくお願いします!

(千葉県　ダッサン　?歳)

おまえが今、持つべきものはただひとつ!**一瞬の殺気**を放てるような眼、だ。それを手にできたなら、普段はへらへらしていても構わない。確かに腰は低いけれども、本当は何かあるのではないか。周りの者はそう思い、おまえをなめてかかるようなこともなくなるだろうからだ。

と言ってもそういうものを**本格的に宿す**には、時間がかかる。それほど易しいことではないし、最初のうちはどうしても、芝居じみたものになってしまうだろう。けれどもそれで、いいのだよ。とにかくおまえは、相手が思わず目を見張ってしまうような何かを養う。そういう方向に、己れを持っていくしかないのだ。

それでは具体的に、何をしたらいいのか。**剣豪小説**を読んでみる。ひとまずそういうところから入っていくことを、俺は勧めるね。そこには人と人とが、ぎりぎりのところで向かい合った時、どういう心理状態になるかが刻明に描かれている。殺気走る！　まさにそういう状況だ。これはなかなか、参考になるよ。だからいろいろ、読んでみたらいい。そのうちおまえも、人と相対する時の**間合い**みたいなものが、わかってくる。そうすればしめたものではないか！

まあやってみろ。今のようにただ悩んでいるだけでは、何も始まらないのだからな。

担任の先生に無視されている

僕は中3の男子です。今、担任の先生に、「無視」されています。その理由というのは冬休み中は彼女に会うなといわれて、僕は会わないと答えました。でもその後で、会う用事ができてしまったのです。そのことを担任の先生が知りました。その担任の先生は、僕がうそをついたと思っています。僕が先生に本当のことをいって信じてもらおうとしたのですが、ぜんぜん話を聞いてくれませんでした。その先生は自己中心的で、自分の気にくわないことがあれば、人の話を聞こうとしません。これから僕は高校を受験します。書類をきちんと正確に書いてくれるか心配です。北方先生なら、こういう先生に対してどうしますか。よいアドバイスをお願いします。

（埼玉県　俺はうそをついてないぞ　?歳）

守れる約束しかしない。

約束という言葉がある。俺は約束は滅多にしない。何故かと言うと、守れなかった時に、自分が自分を厭《いや》になるからだ。だから守れる約束しかしない。

俺はハードボイルド小説を書いている。自分の生き方を貫く、そういう男の姿を描いているけれども、現実にそういう生き方ができるか？　と言われたら、俺はそうしていないことが多いと答えるしかない。しようとしながらできなかった場合が多い。だけれども、自分のルールというものは、男として生きるというような抽象的なことではなく、一つの細かいルールであってもいいわけだよ。例えば、約束を破らないというルールを持つとか。すると約束なんて、なかなかできなくなるんだよ。で、約束できないということによって、ひじょうにまずい立場に立たされることもあるかもしれない。だけれども守れない約束はぜったいにしない。そういう生き方だって、俺はハードボイルドだと思う。だから、ハードボイルド的な生き方をしていますか？　と訊かれた時には、している部分もあります。約束に関してはそうです、と答える。これが俺の約束に対する態度の取り方である。

ちょっと前置きが長くなったが、このことを踏まえて、君のことを考えてみよう。

都合のいい理由

人というのは自分に都合のいい理由をいつも持ってくるものなんだよ。そして、相手を悪いと断定するのが、人なんだよ。君に忠告してやれることは、自分に都合のいい理由をいつも持ってくるな！　ということだ。そういう習慣をつけてみる。そういう生き方をしてみろ。無視される、無視されないということは関係ない。生き方の問題として自分の都合のいい理由をいつも持ってくるな。

おそらく、今は高校に入ったことだろう。いい機会だ。これからは自分に都合のいい理由を持ってきて、自分を正当化するようなことはやめろ。そういう生き方を覚えろ。

俺は学校の先生が絶対的な存在だとは思わない。思わないけれど、ある部分ではしっかりした先生はいると思う。この先生にしても約束を守らない人間は認めないという立場を貫いているのかもしれないじゃないか。もし約束を破ったら、そいつのことを無視する。

それはそれで立派な態度だよ。約束を守るということが、どれだけ大事なことなのかを、無視することで、君に教えてやろうとしたのかもしれない。そう思えないか。他人に対して不満を抱くよりも、自分に対して、あの時は悪かったなあと思うほうが、今後、伸びていく可能性があるよ。男として成長していく可能性はあると思うな。

可能性

暴走族とどうやって渡り合えばいいか?

オレは今、高校2年だが、この間、ツッパッているヤツにケンカを売られた。そこで最初は無視していたが、ツバをかけられたり、人の前で屈辱的な言葉をかけられ、がまんできずに人目のつかない所でケンカに対応した。するとそいつが弱くて、オレが一方的に勝ってしまった。しかしそいつが暴走族に入っていて、やたらと仲間が多い。仕返しに来るのだが、正面から対応すれば、腕の1本や2本じゃすまない。かといって逃げても探し出す様なやつらです。周りの人に迷惑をかけずに解決したい。北方さんを見込んで、貴方の意見を聞きたい。よきアドバイスを。

（山梨県　M・Y　17歳）

喧嘩の礼儀

無視できる限り無視し、我慢できなくなった時点で、人のいないところへ行って喧嘩をした、と。君はじつに男らしい喧嘩をしたよ。をわきまえている。

喧嘩というのは勝った時は勝った姿を見せたいし、負けたら負けた姿は見せたくないものだ。あるいは負けた姿を見られたくないという思いのほかに、自分が勝った時に相手の負けた姿を人前に曝《さら》したくないというやさしさがあったかもしれない。それは喧嘩の礼儀を心得ている証拠だ。

そこで——。もう少し勇気を出してみて、暴走族の頭《かしら》と話してみてはどうか。仲間が喧嘩に負けたのが許せないならリターンマッチに応じるからそいつを出せ、**一対一**で喧嘩と。そいつがビビって出てこないというなら、他の奴でもいいから、しようじゃないか、と。一度、話をする機会を作ってみる。そして、どちらが勝っても、遺恨なしにするように話してみる。もしそれに応じないで集団で来るなら俺は勝てない。俺は身を守らなくてはいけないから警察に訴える、と。そこまで言ってみる。

その上で、まったく話にならないなら、警察に行け。そんな奴らの相手をするために命を張るのは馬鹿げている。喧嘩の礼儀を知っている君なら、それができるはずだ。

命を懸けたギリギリの状況で男は何を考えるのですか？

今回、先生にお聞きしたいのは、先日起こったアメリカの同時多発テロについてです。何千人もの罪のない人々の命が奪われました。その行為は断じて許されるものではないと思いますが、自爆テロという身を挺した行動に私はとてもショックを受けました。「自らの命を懸けてまで遂げようとする彼らの強い思いとは、一体、何なのだろうか」と。怒り？　使命感？　誰しも人の命を奪うことは望まないでしょう。ビルに突入する兵士の心理状態はいかなるものであったのか……。かつて先生は学生運動に身を投じていたとおっしゃっていました。逮捕され、収監されるリスクもある。投げつける石つぶてによって人を傷つけることもあるかもしれない。そんなギリギリの状況で男は何を感じているのか、自分には想像できない領域です。大きなことを起こそうとする男たちの胸には、何が去来するのか先生の言葉で語って下さい。

（埼玉県　匿名希望　26歳）

「生き切ったな」

俺はたいして大きなことをやったわけではないが、逮捕者が出るほどの大規模なぶつかり合いが終わった時に思ったことは、というような気分だった。それは、それまであまり感じたことのない感覚だった。最近では、『三国志』を書き終わった時、「生き切ったな」と思った。たぶん『水滸伝』を書き終わった時も、「生き切ったな」と思うだろう。そういう「生き切ったな」という感慨というのは、割と人生を豊かにするんじゃないかという気持ちはある。

自分の身を犠牲にして突っ込んでいく人間の心理状態に関心があるのならば、知覧に行ってみろ。鹿児島県知覧町にある知覧特攻平和会館には、**特攻隊**の連中が遺した手紙がたくさん展示してある。なぜ国のために死ななければならないのか。なぜ父や母より先に死ななければいけないのかという疑問が行間から滲み出るような手紙もいっぱいあるよ。そういうことが、そんなに遠くない昔に日本であった。彼らは何を考え、何を感じ、そして、どうやって死んでいったのか。知覧に行って考えてみろ。

俺が聞いた話で非常に印象深かったのは、もう亡くなってしまったけれど、昭和の大歌手といわれる淡谷のり子さんが戦時中、航空隊の慰問に行ったときのエピソードだ。飛行服を着て、ずらりと並んだ少年たちの前で歌を唄っていると、突然上官が入ってきて一人の少年にそっと耳打ちをした。するとその少年は立ちあがり、敬礼をしてそのまま出ていったという。それは特攻の**出撃命令**だった。「ニコッと笑って私に対し、敬礼していった。そのときの悲しさといったらない」と、彼女は言っていたよ。そういう人間の悲しさみたいなものは、いつの時代もやっぱり忘れるべきじゃないと思う。

俺には、それ以上のことは言えない。ただ、さまざまな**青春**が日本にあった。その日本にあった青春に、こういう時こそ目を向けてみろ。お前の胸にも感じる何かがあるはずだ。

第八章

俺の口髭は愛撫の時の武器である

性の悩み（上級編）に関する問答

証明

なんということだ。俺は、怒るより先に、呆れている。このところ、街の中を歩くたびに、そうなんである。

女どもの、あのでかい面はなんだ。この国では、いつから女がこんなにでかい面をするようになったのだ。おまえら、女に顎《あご》で使われているではないか。

送ってと言われれば、反対方向であろうと送っていく。アイスクリームを買ってきてと言われれば、いそいそと財布を出して駈けていく。奴隷か、おまえら。いろいろ事情があるから、送るのぐらいはいいとして、大して大きくない荷物を持ってやるやつらは、なんなんだ。俺は男の、そんな無様な姿は見たくないぞ。だから俺は、女を手厳しく扱っているのだ、小僧ども。まわりの女が、みんな逃げ出すことも覚悟でな。

結果、俺のまわりから女がいなくなったか。逆だな。追っ払っても、女は寄ってくる。なにかに自信を持っていれば、男から女が逃げ出すことはない。ほんとうだ。

俺が、それを証明している。

彼女の父親に行為を見られてしまった！

先日、彼女の家で、事のなりゆきでやってしまったのです。計算ちがいというか運が悪いというか、突然、彼女の父親が帰ってきたのです。もちろん2人ともなぐられ、けられました。そしてむりやり、どっちの両親からも、縁を切らされました。でも僕は今でも彼女のことを本気で愛しています。彼女も愛してくれています。でもあの時で、何もかもが終わったようです。彼女の両親、いや家族の方に深いきずを負わせたことには本当に深く反省しています。でも将来、2人でゴールインすることさえ考え、それを望んでいる僕たちは、これから何をすべきなのか。第三者からみれば、ただの笑いごとかもしれません。でも2人とも本気です。北方さん、よきアドバイスをお願いします。

（三重県　H・M　19歳）

はっきり言って、第三者から見ると笑いごとだよ。同情はするけども、笑ってしまうね。でも、しょうがねえよ。俺だって、うちの娘が男を引っぱり込んでやってりゃ、**蹴っとばす**よ。

しかし、その後、別れ別れにさせられたというのは、あまりにも時代的じゃないか。彼女と会おうと思えば監禁されているわけじゃないから会えるわけで、どうやったら彼女の父親に認めてもらえるでしょうか、と言っても、既成事実をつくってしまえばいいだけの話だ。つまり、**一緒に暮らせばいい**んだよ。

一緒に稼いで、一緒に暮らして、それで終わりじゃないか。そうやって二人で生活を支えていくという行為が怖いから、親に認めてもらいたいと思っているんだろう。

開き直れよ。彼女の家に行ってやるくらいの度胸があるなら、二人で家を飛び出して、楽しくやれよ。

彼女の下着を盗んでしまった！

北方先生、はじめまして。僕は彼女と、彼女の部屋でナニをしていたんです。そのときに彼女のY子がティッシュペーパーを取りに、部屋から出ていったんです。そのすきに、僕はY子のタンスから、パンツをかっぱらってしまいました。はっきりいって、Y子に合わせる顔がなくてこまっています。今になって考えると、くだらないことをしたと思います。彼女にパンツをうまく返すにはどうしたらいいでしょうか？　そのあと、どういうふうにすればいいでしょうか？　くだらない悩みだと思うかもしれませんが、よきアドバイスをお願いします。

（埼玉県　変な男　高校3年生）

彼女の心理を考えてみよう。自分の下着を盗まれて、彼女はどう感じただろうか？　変態と思ったろうか、それとも自分のことを好きだから、そうしたんだと思うだろうか。これはどう考えても、変態と思われるに違いない。次に、下着を持ってきた時の君の心情を分析してみよう。俺が思うに、君は女のパンティが欲しかったんだよ。これは彼女のではなくても、よかったんじゃないか。つまり、そのへんにぶら下がっているパンティでもよかったのだ。君はそういうものが好きな人間なんだろう。その下着は返さなくてもいいけれど、君は彼女に、そういうものが好きなんだ、ということはキチンと言ったほうがいいんじゃないかな。

「俺は好きなんだ。とくに、おまえが好きだから、おまえが穿《は》いているものが好きなんだ」といったような、**詭弁を使う**しかない。もちろん、三日間、それを穿いて、洗濯して、「もう満足したから充分だよ」と言って、返す方法もないではないが……。俺は高校生のころ、エロ本というものをよく読んだ。その中に、「使い古したシミ付きパンティをプレゼントします」というような通信販売の広告があった。こんなものを欲しがる奴がいるのか、とびっくりしたが、周りを見てみると、そういうものを集めている奴が実際にいるんだよ。で、そいつがヘンな奴だったかというと、とくにヘンではなかった。ただその部分だけが変わっていただけでね。

ちなみに俺は、女の子のあそこのヘアを集めるのが好きだ。**グッと摑んで、**ギュッと引っぱると、指の間に二本か三本ひっかかってくる。で、その女が帰った後で、それをジッと見つめて、こういうヘアを持っている女はどういう性格なのか、分析する趣味がある。これだって、正常とは言えないだろう。だけども、俺の存在全体を見て、異常とは決めつけられないはずだ。つまり、誰にでも、何かしらヘンな傾向はあるんだから、君もあまり悩まずに、彼女に平気で告白すればいいんじゃないかな。

俺は女のヘアがいちばん好きだ。だからこれはもらっておくぜ、と言って、ギュッとひっぱっている。すると、**明るい行為**になる。君も、少し明るい行為、ちょっと冗談っぽい行為にしてみたらどうだろうか？

ヒゲの役割って何なのでしょう？

高校課程を無事修了し、この春、大学へ進むことになった18歳の男です。以前からヒゲを生やすことに憧れていて、今は鼻の下に、うすいですけど少々ヒゲを伸ばしています。ところで、北方さんもヒゲをたくわえていますけど、北方さんにとってヒゲの役割、ヒゲの価値観というものを教えて下さい。

（山形県　鈴木豊　18歳）

口髭――これは具体的な武器だ。愛撫の時の武器である。

剃った後に生えてくる髭というのは、ザラザラしてるだろ。これでは、紙ヤスリで女の子の肌を撫でるようなもので、相手は痛いだけだ。ただし、ある程度まで伸びてくると、**刷毛**《はけ》と同じような役割を果たすわけだ。つまり唇に刷毛がついてる感じで愛撫できるのだ。

たとえば女の子を上にしてやってるとする。で、いきなり起き上がり、胸をゴショゴショやってやる。これは効くね。女の子の股ぐら開いて、舐める時でも、ちょっと下の方を舐めれば、ちょうど髭がクリトリスのあたりにくる。な、すごい**愛撫の武器**なのである。その程度の価値観しかないね、髭には。刷毛の効用――その程度の気分で髭は伸ばせばいいわけであって、男性を誇示しようなんてつもりで伸ばし

た髭はいやらしいだけだぜ。価値観なぞ考えずに、どのくらいの長さが女に効くか研究でもした方がいいんじゃないかね。

下のビョーキで悩んでます

北方さん、恥をしのんで相談があります。誘えばついてくる、と評判の女のコとセックスしました。1回だけで、それ以後、会うこともないんですが、どうもあのときから、オチンチンがむずがゆいんです。リン病かと心配しましたが、それほど痛くもないから、そうじゃないと思います。でも朝起きると、あそこからウミが出ています。医者に行ったほうがいいのでしょうか。それともこのまま放っておいても大丈夫でしょうか?

（東京都　Y・K　19歳）

非淋菌性尿道炎だな。尿道が炎症を起こした場合、淋病と非淋菌性尿道炎の二つが考えられる。淋病**パンツはまっ黒**だぜ。になるし、小便する時に痛くて飛び上がるほどなんは耐え難い。淋病なら、こんな相談をする前に、病院に飛んで行ってるだろう。君はそこまでひどくはない。つまり非淋菌性尿道炎だ。これは放っておくと、膀胱《ぼうこう》にきたり、尿道粘膜がひきつって小便の出が悪くなったり、前立腺障害を起こしたりするから、病院に行って治すしかない。

不謹慎な物言いかもしれないが、淋菌の方がはるかに治しやすく、倅《せがれ》が風邪をひいたぐらいに思っていればいい。なにしろ抗生物質で四、五日もあれば治せるからな。非淋菌性尿道炎はやっかいだぞ。一週間を一クールとして、その菌に効く薬にぶつかるまで、薬を変えていかないといけないのだ。

何故、俺がこんなに詳しいかと言えば、だ。淋病二回、非淋菌性尿道炎三回やったからだ。知ったかぶりをするくらいの権利はあると思う。一度など、北海道小樽の逓信病院で**尿道にいきなり金属棒**をぶち込まれた。すごい荒っぽいやり方だが、この時は、病気ではなかったのだから、頭にくる。

最後に、おまじないを教えておこう。相手の女が病気に罹《かか》っているかどうかを調べる方法を、経験則からあみ出した。それは女の子のお尻を触ってみて、**冷たければ大丈夫**と判断するものだ。これはあくまでもおまじないだから、やはりスキンに頼る方が安全だろう。まあしかし、お互い、エイズや梅毒には気をつけようぜ。

痩せ我慢

相変らず、女がでかい顔をしてやがるな。

女は猿みたいなものだと思ってろ、と俺が言ったことについても、女どころか野郎どもからまで反撥が来る。女が猿なわけはないだろ。しかし神でも天使でもない。同じ人間なのに、天使だと思い込んで悩んでいるやつが多すぎるから、それぐらいの心構えでいけと俺は言ったのだ。その言い方だけにこだわるのは、まさしく女の発想だぞ。女と同じ発想をしていたら、絶対に女に勝てねえぞ。

男は、誰だって女がいとおしい。しかしそのいとおしさにだけ引き摺《ず》られていないで、時には女と闘ってみようじゃないか。

痩せ我慢ぐらいしてみるのだ、小僧ども。男にできて女にできないのが、痩せ我慢というやつだ。好きな女でも、生意気すぎると思ったら、振られるのを覚悟で、張り倒してしまえ。そして振られても、涼しい顔をしてろ。泣くのは、ひとりになった時でいい。そういう男だ

から、女が惚れてしまう。人生にはそういうこともあるのだ。振られっ放しのこともある。それも人生で、耐え抜けばひと回り大きくなって、もっといい女が惚れてくれる。信じるのだぞ。そう信じ続けるのだ。

それで、痩せ我慢はできる。

北方流の女の喜ばせ方を教えてください

拝啓　北方謙三様　先生は女性経験がとても豊富であると、推察いたします。

そこで、ぜひ北方流の愛撫の仕方を教えていただきたいのです。小生は21歳で、自分でいうのもへんですが、年齢のわりには寝た女の数は多いと自負しています（現在30人！）。

これからの参考になる意見をお聞かせください。よろしくお願いします。

（東京都　Ｈ・Ｙ　大学4年生）

まず断わっておきたいのは、男の価値は寝た女の数では決まらないのである。君を含めて、今の若い奴らは、あっちでスッポン、こっちでスッポンやって、それで良しとしているようだが、本当のセックス**情感がない**よ、これとはそんなものではない。では。

心底惚れ抜いた女とやる時のセックスが、なんといってもいちばんいい。体位なんてどうでもいい。ましてや異常なことをやることもない。スーッと入れて、抱き合った瞬間に、切なくなって涙が出そうになる。**抱き合ったまま**でいる。これが最高なんだな。

女もそういう気分になって、ジーッと

どんな名器であろうと、どんなきれいな女であろうと、惚れていない女とやるよりも、本当に惚れた女とひとつになった時の喜びというのを、男は知っておいた方がいいと思う。

女のあそこの筋肉というのは、〝8の字形〟になっている。要するに後ろと繋がっているわけだ。そこで、わりと生意気な女の場合は、バックでやってる時に、もう一方の穴にギュッと二、三本指を突っ込む。これが効く。**もうひとつの穴**を遊ばせておくな、というのがひとつの意見だ。

それから、意外と知られてないが、女の恥骨は動くのである。動かないと、ひっかかって子供は出てこないから、動くんだよ。で、Gスポットはどうも、その恥骨の裏側あたりに潜んでいる。そこで、人差し指と親指を使って、女を喜ばせる方法がある。人差し指で恥骨の裏側を外に向かって押すような感じで愛撫してると、女はだんだん感じてくるんだな。感じてきた時に、親指を使ってクリトリスの方を刺激する。すると、微妙に動くんだよ。俺は**〝必殺恥骨ゆさぶり〟**と言ってるが、女はわけがわからなくなっちゃうね。ただし、時間がかかるんだな。本当に動いていると実感できるまでに、一時間ぐらいはかかるから、もしかしたら俺は今日ダメなんじゃないかという不安がある時には適しているが、そうではない時はけっこうしんどいね。

これを、

ま、暇があったら〝必殺恥骨ゆさぶり〟の技を試してみたまえ。これは絶対に効果があると断言しておく。

もしうまくいかない場合はもう一度、相談してきなさい。

ソープに行ったが立たなかった

童貞である僕は、北方先生の助言通り、ソープに行きました。しかし、僕のアソコは立ちませんでした。緊張のせいだと思い、2回、3回と行きましたが、やっぱりダメでした。その原因は、病気に対する恐怖心だと、自分では思っています。もちろん、ゴムは着けているのですが、無意識のうちに「病気になったらどうしよう」と考えていたのです。このままでは、SEXのことが不安で、女の子をデートにも誘えません。10回、15回とソープに通い続ければ、慣れるものなのでしょうか？ 教えて下さい。

(神奈川県 I・T 23歳)

二、三回行ってダメだったら、四回、五回と行く。それしか方法はない。ただし、一つだけ助言しておく。そ**気に入った**女の子がいたら、その子のところに通え。そして、「俺は童貞です。どうしても君で童貞を捨てたいんです」と、お願いしろ。そうしたら、きっとなんとかしてくれるさ。

病気が怖いという気持ちはよくわかる。でも、コンドームを着ければ、たいていの病気は大丈夫だ。はっきり言うが、街で普通の女の子と出会い、その子とSEXするほうがはるかに危ない。ソープのほうがむしろ安全だと思っていいぐらいだ。しかも、コンドームをしっかり着けているんだったら、病気の心配はまずいらない。

それでも病気が心配だというならば、そのことも気に入った子に伝えろ。すべてのことを話してサービスしてもらい、それでも立たなかったならば、精神科に行くしかない。でも、絶対に立つはずだ。緊張感というのは、他の人が聞いていない一対一の場面で**自分の恥を晒す**ことによって、弛んでくるものだ。自分が童貞であること。そして、病気が怖くて、いつもおどおどしているんだということ。そういうことを全部打ち明けたうえで、四回、五回と通ってみろ。きっと、五回目には立つだろうさ。

童貞なんてものは、**濡れたシャツ**みたいなもんだ。着心地が悪いんだから、早く脱いで乾いたシャツに着替えたほうがいい。恥ずかしがらずに、自分の弱みを全部しゃべる。その方法でやってみろ。そして、見事に童貞を捨てることができたら、また手紙をくれ。

女が男を感じるのはどういうときですか

僕はつい最近19歳になったばかりの男です。大学受験のためにつけてもらった家庭教師の女性（年上好みの僕にはいい姉貴であり、またいい女でもあった）のことで相談があります。彼女はときどき僕を遊びにつれていってくれました。そのとき「童貞を奪ってください」と何度も言おうとしたけれど、とうとう言えませんでした。受験も終り、浪人が決まって少したってから、その女性に手紙で告白しました。「僕の最初の女《ひと》はあなたしかいないんです」と。すると「私はキミのことが、とてもかわいいわ、好きよ。でも、キミには男を感じないのよ。まだまだガキなのよ」という返事がきました。「男を感じる」ってどういうことなのかわからない。北方さん、どういうことなんでしょうか。

（愛知県　アルビオン　19歳）

女が男を感じる時というのは、微妙で難しい問題であるけれど、男が自分の

獣性を剝《む》き出した時

に、女は男というものを感じるのだと俺は思う。女の男に対する認識の仕方は動物的なのだ。雄として認識するか、しないか。それが第一だと思うな。

そこで、だ。「最初の女はあなたしかいないんです」という口説き方は、まるでなっちゃいない。丁重に断わられて当然である。そうした告白は、ベッドの寸前までやってはいけない。食事にでも誘い出して、キスぐらいはやって、その先まで進んだとしよう。その

場になって女が「いやよ、いやよ」と言って、パンティを握りしめて離さない時に、初めてその台詞《せりふ》を使う。それまでは女なんて慣れたもんだ、という顔をしてないといけない。

好きでもない相手に躰を許すというのは、女にとっては面倒臭いことなのだよ。面倒臭いことなんだが、けっこうあることだ。その面倒臭いことをさせるためには、雄の部分を剝き出さないと、どうにもならない。で、最後の最後になって、「最初の女はあなたしかいない」と言うなになるね。君の過ちは、使うべき時を間違えたこら、これはかなり**効果的な台詞**とに他ならない。

家庭教師の女——これは俺にとっても、忸怩《じくじ》たる思い出がある。中三の頃、俺は女子大生に家庭教師をしてもらっていた。その頃はべつにどうという感情もなかったが、高三の時に、結核と診断されてどこも行くところがなくなってしまった俺は、その女のところに平気で転がり込んだ。「俺はもうだめな**連呼**した。本当は心の中では、だめだとは思んだ。だめなんだ」と、その女の前でっていなかったけれど、連呼した。

かつて自分が教えた男の子が、もう俺の人生はだめなんだ、と転がり込んできた時に、女のとるべき態度はひとつしかない。「だめじゃないのよ」ということを教えてやるためには相手を男にするしかない。性的に男にするしかないわけだ。俺はそういう感じで男になった。その女の人は、その後、突然に亡くなったので、あまり喋りたくはないのだが、そういうことがあったのを思い出した。

不謹慎の誹《そし》りを免れないかもしれないが、相手が手を差しのべなければならないような状況をつくるというのも、女を口説く、とりわけ**年上の女を口説く**時のテクニックであることは、覚えておけ。

彼女とのSEXではイクことができない

北方先生、僕は彼女とのSEXの時、あまり気持ちのよくないことがわかりました。1時間くらいSEXするのですが、彼女はイッているのに、僕は全然イカないのです。フェラチオをしてもらっても、それほど気持ちがいいということはなく、最後は自分でオナニーをして、彼女に口内発射するのです。絶対に自分でやらないと、精子が出ないのです。そのことに関して、彼女は「おかしいワ」と言って、最近、不安がります。また、怒りっぽくもなってきました。このままでは、二人の関係は終わるような気がします。彼女にどのようなSEXの対処をすればよいか、是非教えて下さい。

（福岡県　きゅう　?歳）

遅漏、それも、ひどい遅漏だな。自分の手で激しくやらなければ、イケない。オナニーの習慣がつきすぎて、彼女の性器に手の強さがなければ、**イケない体**になってしまったんだ。

これは、可哀相な反面、羨ましくもある。一時間も平気でやっていられる。俺ぐらいの歳になればそういうこともあるが、ほとんどの小僧どもには羨ましくて仕方がないはずだ。だから、これを武器にして、**SEXの鬼**になれ。女をイカせることによって、男は喜ぶんだ。彼女が何回もイッているのならば、それで充分じゃないか。

おまえは、どの程度の快感を求めているんだ。AVなんかでは男が快感で喚《わめ》いているが、現実にもそんなことがあると思っているのか。男の快感なんてのは、もともと大したことがないんだ。稀にいつもより快感を得ることもあるかもしれないが、それはこれからSEXを重ねていって、わかるしかないことだろう。

一時間できるということは大変な武器なんだから、次から次へと女とやって、女がおまえから離れられないと言ったら、ヒモになればいいさ。

いまは、男が一生懸命貯金して、一年前から十二月二十四日の夜のホテルを予約する時代だ。そうまでしてやっと部屋に入り、ティファニーの指輪とかをプレゼントしたと思ったら、一時間ぐらいでパッと帰られてしまう。その女はまた別のホテルに行って、一晩で、三つも、四つも、プレゼントをゲットしているわけだ。そういう女がいる時代なんだ。だから、おまえみたいな男がいてもいい。十本ぐらいヒモを持って、女から**吸い上げてやれ。**それが同世代の男たちの復讐になるんだからな。それぐらいの性的能力があるんだと、自分に自信を持て。そうすれば、おのずと悩みも消えるさ。

第九章

人生は歩く影法師

男として生きるための問答

気負い

真夏の海へ出る。沖へ出る。しかし、でかいカジキマグロを釣るぞ、とは今年は言わない。毎年毎年、夏になるとそう言い続けているのに、一尾もあげていないのだからな。みっともない。恥しい。情けない。言ったことは守れと言われても、相手は日本近海では希《まれ》なカジキである。まさかメキシコに行って釣り上げ、空輸してきて、釣ったぞと言うわけにもいくまい。だから俺は、今年は黙々と海に出る。沖をルアーを曳《ひ》いて流す。なにがかかるか。それは運次第ってやつだ。

こんなふうに気負いがなくなった時にうまくいくかもしれない、という気はどこかにあるんだよ、小僧ども。俺の人生の中でも、気負いこんでやった時は失敗し、淡々としかし集中力を失わずにやった時は成功した、ということが何度もある。そう思ってやること自体、さもしいのかな。まあいいだろう。俺だって、悟りを開いているわけじゃねえ。俗っ気たっぷりの男さ。いまに見ていろよ、という思いはいつも持っている。
大いに遊ぼうぜ。そして仕事もする。男の人生はそうでなくっちゃな。

どうやってプライドを守っていくべきか?

俺は小さいけど男としての誇りをもってい
る。プライドを傷つけた奴らには、たとえどん
な大きくて強い相手にでも突進していった。い
つもやられていた。友人がいじめられたら、助
けてやろうと突進していった。でもやられた。
ある時、リンチをうけた。それ以来、群れをつ
くらなくなり、いつも独りで行動するようにな
った。人とかかわるのがいやになった。最近、
これではダメだと思った。何のとりえもない俺
のたったひとつだったとりえをとりかえそうと
思う。昔の自分に戻ろうと努力してはいるけど
……。北方さん、たとえやられてもプライドを
傷つけた奴には立ち向かって行くべきなのでし
ょうか。それともプライドなんかにこだわらな
いで生きていくべきか、教えてください。

(千葉県 かっこよく生きたかった男)

プライドを傷つけた奴には立ち向かうべきかどうか、これをいつも思い悩むのだ。思い悩んでも立ち向かえない時がある。立ち向かって尻尾《しっぽ》を巻くこともあるし、やられることもあるし、勝つこともある。男は誰でも立ち向かおうとして苦しむものだ。

男のプライドなんて、ちょっと位置が変わるだけで曇りがかかり、プライドでなくなる。見栄になったりする。それを拒否して、自分のプライドにこだわり、それを傷つけた奴とはぜったいに戦うというルールを持つ。それはいいことだが、そのルールを破ってしまった時、つまり戦えなかった時に、自分を恥じるという気持ちを持つことも、ルールを

守るのと同じように大事なことだと思うな。だから、プライドにこだわらずに生きていくべきかどうか、なんてことは考えるのはよせよ。

また、こういうことも言える。つまり、人間というのは、どこかに昔の自分を残しているものなのだ。そして、人間の心の中にはいろんな顔があるのだ。たまたま出ている顔が厭でしかたがない、それでもその顔しか出すことができないという時も人間にはあって、それが生きる上での悲しさだとわかったりするのは、俺ぐらいの齢になってからのこと。まだ十代や二十代の時は、卑怯な顔を他人に晒したら、それをどのくらい恥じるか、が問題となるのだ。廉恥心のようなものを持てるかどうか、なのだ。

安心しろ。**廉恥心**を持っていれば、昔の自分はいくらでも取り戻せるよ。俺のように四十歳にもなれば、十五歳の時に抱いていた夢とか、純粋さを取り戻そうとか、あるいは本当に男らしかった瞬間というのがあって、その瞬間をもう一度、取り戻したいと思っても、できないのだよ。

君はまだ若い。若い時にはいろいろなものを喪《な》くしたり取り戻したりしながら、自分のものにしていくことが可能だ。たった一度喪くしたからといって、諦めるな。まったく喪《うしな》ってしまったと考えるな。自分にはかつて、こういう顔が確かにあったのだということを誇りにすれば、すぐに取り戻すことはできる。**勝負は長い。**ころげまわって悩み、考えるのも悪くないぜ。

男の酒とは、いったい何か？

北方謙三のファンです。先生の小説の中でよくバーボンウイスキーが登場します。ハードボイルドの男の酒は、やっぱりバーボンなのでしょうか。ちなみに僕も、バーボンそれもワイルドターキーが好きです。
（東京都　S・S　22歳）

君が指摘するように、俺は小説の中で、いつもバーボンを書く。何故書くかと言えば、読者の頭の中で像が結ばれ易いわけだ。みんな知ってるからね。バーボンを**男の酒**と短絡させてしまっている。俺も安易にそのイメージによりかかって、とくにワイルドターキーなんかを書いている。

ところが、実際に飲んでみるとわかるが、とても口あたりがいいんだな。甘口なわけ。甘い香りがあって、必ずしも男の酒という感じではないのだ。女でも充分に嗜《たしな》めるような、メローな酒だと思う。

では、何が剛直で、男らしい酒かというと、これはただひとつ。スコッチのシングルモルト、ピュアモルトこそが、まさしく男っぽい酒だね。これは、オールドパーなり、シーバスリーガルなりのブレンドのスコッチの原酒なのだ。**棒切れみたいな酒**で、棒切れみたいな味がして、三杯も飲むと棒切れのような気分になっちまう。甘さなんて、まるでない。

スコットランドという所は、頑固な所で男のダンディズムの発祥の地。あの暗鬱な光景の中で、男は自分が男であることにこだわった。決闘という習慣も、スコットランドから出ている。スコットランドは男のダンディズムの源流があり、同時に男っぽい酒がある。

日本で手に入って、飲めばいいなと思うのをいくつか挙げようか。

まず、**ノッカンドー。**ゲール語で「黒い小さな丘」という意味らしいが、これはすごい。なんだ、この酒は!?　という感じ。ストレートで飲んでるうちにやめられなくなって、しまいには棒切れのような気分になってる。まったく救いようのない酒だ。ホテル・オークラのバーに置いてあるから、飲みたい奴は行くといいだろう。

グレンフィディック、グレンリベットとかも、よく知られているな。

男は酒を飲む時、酒を選ばないといけないというのが俺の主義だ。選んで飲むべきだと思うね。そのためには、酒に関する知識は多少は持っていた方がいい。自分の好みの味を見つけて飲む――これは大事なことだ。俺の小説の主人公はワイルドターキーばかりを飲むが、これだってひとつのイメージなのだよ。

君もいろんな酒を飲んでみて、これこそ自分の酒だ、というひとつを選び取ることだ。酒は奥が深いぜ。

男の定義を教えてください

北方先生、こんにちは。僕は先生の小説を初めて知ってからは、ずっと先生の小説をむさぼるようにして読んできました。その中での好きな作品を挙げるとすれば、「弔鐘はるかなり」「友よ、静かに瞑れ」「逢うには遠すぎる」「あれは幻の旗だったのか」「やがて冬が終れば」「明日なき街角」「錆」「ブラディドール」シリーズ、「挑戦」シリーズなどなどです。でも僕自身のあこがれでもあり、好きなのは「弔鐘はるかなり」の梶礼二郎なんです。先生の思う〝男の定義〟なるものを教えていただきたいのです。また僕は先生に男として羨望の目を向けるばかりです。どうしてあんなにしぶいのか。そんなしぶさは何が源となっているか、不思議です。そこらへんのこともお聞かせ願います。

（奈良県　アルファロメオアルフェッタGT　?歳）

これだけ褒めてもらうと、書き手としては本望である。それはそれとして、男の定義という問題について答えるならば、おそらくそんなものはないだろうと思う。つまり男というのは定義するものではないのだ。便宜上、自分のルールを持っていて、それをきちんと守ろうとする者が男だ、と俺は今まで言ってきたが、それだって定義ではない。本当の定義というのは、一人一人の**心の中にある**ものだと思ってほしい。そして、一人一人が「自分は男だ」と思えればこれは他人がなんと言おうといいじゃないか。男というのは、そういうものだよ。古来からずっとそうだったし、今だってそうだし、未来もきっとそうだと思う。そういう人間が、今、多いのか少ないのか、わからないけれども、俺は「確かにいる」と信じて、そういう人間に対するメッセージも込めて小説を書いている。そういう小説をきちんと受け止めてくれたことは、俺としては嬉しいね。ありがとう、とお礼を言っておこう。

それから、俺はどうしてこんなに渋いのか、という問題。こればかりは、持って生まれた**素質**としか、言いようがないな。持って生まれた素質に、人生で磨きをかけた。たぶんそうしたことだろう。

俺は自分が渋いとか、いろんなことに通じているとか、いろんなことを小僧どもの前で言ってきたけれども、本当はそうでもないのだよ。

今だって、いろんなことで悩んでいるよ。今だって、無様《ぶざま》な時もあるし、みっともない時もある。これは正直に言っておきたい。ただし、それを**人前で晒すまい**とすることだけは、この歳で、できるようになった。つまり、そういうことだ。もし、俺のことを指して、「渋い」と言ってくれるならば、おそらくそのへんが渋く見えるんじゃないだろうか。

俺も君のような男がいるんだ、と知って嬉しかった。これからも君のような男達に、熱いメッセージを送り続ける。この場を借りてそのことだけは約束するぜ！

葉巻の魅力について教えてください

よく葉巻をくわえている先生の写真を見ます。僕はタバコは喫いますが、葉巻はやったことがありません。先生にとって葉巻とはどんなものですか。タバコとはやっぱりちがうものなのでしょうか。へんな質問で申しわけありませんが、教えてください。
（東京都　Y・S　大学3年生）

葉巻というのは、煙草と同じだけども、安価ではないわけだよ。嗜好品としては、ひじょうに高級だ。でありながら、煙となって消えてゆくだけ。また酒のように万人が認めるものでもない。人前で喫うと、嫌な顔をされたりする。それでも男はなぜ葉巻をやるのか。

愚かさとしか言いようがない。あの贅沢感のようなものは、ちょっと他のものでは味わうことはできないと俺は思うね。葉巻の煙を吸い込む。トロッとして、またふっと吐く。いい葉巻だなと思う。もうこれだけで幸福感があるのだよ。束の間の幸福感だが、それを大事にするというダンディズムだと思うな。俺が葉巻に凝るのは、俺が無駄で愚かなのは、ある種のダンディズムで、だけども男としては純粋なのだと思って欲しいね。

ひとついい話を教えてやろう。チャーチルは〝ロ**ハバナ産**の葉巻を愛用していた。チャーチルはそれを、人差し指と中指で、普通の煙草を挟むようにして、挟んでいた。で、いまだに〝ロミオ&ジュリエット〟という銘柄の、もちろんミオ&ジュリエット〟の人間は言うわけだ。葉巻というのは、親指と人差し指と中指の三本の指を使って持ってくれと。そうして喫えと。人差し指と中指で挟んで喫っていいのはチャーチルだけだからだと。意味はないけれど、粋だろ。

葉巻は煙草と違って**生き物なのだ。**保管がとても難しい。パリのビクトル・ユーゴー通りに「ブティック21」という葉巻では世界的に有名な店があるが、そこの葉巻コーナーはガラス張りになっていて、湿度や温度を調節してあるくらいだ。生き物であり、難しいものであるから、俺は葉巻を愛するのである。

あんたは負けの味を知らない！

北方さん。俺はあんたに問いたい。あんたのエッセイにこう書いてあった。負けろ、負けを恐れるな。負けの味を噛みしめるのは若い時がいい。立ち上がるエネルギーがあると。俺は声を大にして、あんたに言いたいぜ。それはウソだ、大ウソだ、とよ。本当の負けってのを、あんたは知らねえのさ。本当の負けはよ、立ち上がることなんて不可能なんだよ。それを気安く本に書くんじゃねえ。あんたの考えは甘いんだ。現実はあんたみたいに甘くはない。甘いからハードボイルドが書けるのさ。俺は今、水井幸二。

（新潟県　K・A　?歳）

野良犬のように

『逃がれの街』の主人公の名前を出しているが、水井幸二というのは、俺が書いた青春像のいちばん象徴的な人物で、彼は負けるわけだ。小説の中で、負けて死んでいく。ほとんど死んでいく。ただひとり、ヒロシという少年の心の中に、自分の存在みたいなものを刻みつけることだけを、生きてきたことの証のようにして死んでいく。そうした哀しみのようなものは、青春の中に必ずあるよ。小説の中にもあるし、現実の中にもある。ただし、ちょっと転んだことを、負けたと思っている奴がいるから、俺はそんなのは負けじゃない、立ち上がればいい、と言っているんだよ。

今、俺が小説家としてやっていられることを、君は甘いと言う。たしかに、**運**がよかったんだよ。運がよくて、小説家でやっていけるようになったんだよ。そういう運のよかった人間が、負けなんてたいしたことねえぞ、と言っているのは、理不尽に聞こえるかもしれないが、立ち上がれない負けがある以上に、さらに多くの**立ち上がれる負けがある。**俺はそれが、口惜しいんだよ。口惜しいから、負けの味を知れ、と言うのだ。立ち上がれる負けの味を知れ、と。俺は運のいい人間として、気力を奮い起こせる状態にある時に立ち上がっていれば、ある時、運を掴むこともできる、ということを言いたいのだ。

こだわりとは最高の言い訳では？

北方さん。〝こだわり〟とか〝俺は俺〟とかいうのは結局、いいわけじゃないのでしょうか？　今、自分はそういうふうに考えるようになりました。そういう考えは弱い人間がもち、最高のいいわけで、最高の意味付けの道具にすぎないと。どうかお願いです。私の意見を私の納得のいくように否定してください。

（山口県　男、狂と幸　17歳）

こだわりというのは、人が生きていく上で他人とつき合っていく上で、最初の流儀の部分、流儀が発生していく部分と言っていい。そういうこだわりを持つことは、自分に対して何か言い訳をすることではない。自分のありようというものを自分で決めることだ。それが、言い訳的なありようなら、言い訳的な人間になるわけで、痩せ我慢的なこだわりのありようだ**痩せ我慢**ばかりしている人間になる。つまり、人それぞれの質が、こだったら、わりの質によって問われるのだ。

最高の言い訳で、最高の意味付けの道具にすぎないと言っているけど、こだわってる奴は意味付けなどしないのだよ。なぜ、これがいいか？　これがいいからいいのだ。それだけ。それに意味付けをすると、言い訳になる**俺は男だ**ということに、俺はこだわろうとしている。生身の人間だわけだ。それは、こだわりとは呼ばない。

から、ときどきずるして、男だということを忘れたり、頭の中で消し去ろうとしたりもする。でも、できるだけ自分が男であることにこだわろうとしている。その男とは何か？これは説明のしようがない。俺が男だと思っている男だ。生き方としては窮屈だったけれど、反面、わかったこともいろいろあった。そのことは強制しようとは思わない。厭だと思った奴は、まったくこだわらないということに、こだわって生きればいい。これが正しくて、これは間違っているというやり方は、俺はしない。だから納得いくように否定する気もない。

人生は歩く影法師

——俺はいつも色紙に書く。その影法師を映す地面というのは、若いころはひじょうに平らで、自分のありのままの姿が影法師になると思う。でも世間に出ていけばいくほど、凸凹になったり、段差になったりするはずだ。いろんな影法師が映るだろうが、はじめのその影法師を見失うな。それだけは言っておく。

金津園のソープ嬢にほれてしまいました

自分は20歳の専門学校生です。単刀直入に言います。ソープランドの女の子を好きになってしまいました。彼女は金津園で働いている21歳の人で、親の借金のためにやっていると言っていました。自分には今まで女の子とつき合った経験もありますが、今までとは全然違う気持ちですし、彼女のことを考えると夜もねむれません。自分はソープランドにはあまりいきませんが、彼女には会いたい。かといって通うほどの金もありません。3月には国家試験もあって、このままの状態では、勉強の方も手につきません。自分は、はっきり告白してみようと思いますが、北方先生はどう思われますか。男は顔でもスタイルでもないと言われますが、そこのところはどうでしょうか。

（岐阜県　Y・T　20歳）

ソープランドの女に惚れた。女はどうしてここで働いているのか、ということを気にかけた。親の借金のために働いている、と女は言った。その言葉を信用した君の

純情さ

は、認めてやってもいい。そうした純情さをすべてぶつけることで、プロの女が落ちるということも、たしかにあるからだ。だけれども、落としてからはたいへんだろうと思う。

それより以前に、今の君は、勉強が手につかない。金がつづかない、という情況にいるわけだ。しかし、これは、そういう所の女に惚れてしまった男の宿命なのだから、金がつ

づかなければ、アルバイトをやるしかないし、もっと惚れて通いたいと思うならば、堕ちていくしかないだろう。

　俺は昔、一人の男の小説を書いたことがある。名の売れたピアニストが、ある若いシンガーに惚れた。そのシンガーは、麻薬でどんどんだめになっていく。それを知ったピアニストは、自分も麻薬を打った。そして一緒にだめになっていくという小説だ。**一緒に堕ちていく**ことが、できるかできないか。これはとても難しいことだ。俺はそれが男のある種のやさしさだろうと思って書いた。でも、人によっては、それはたんなる堕落にすぎないという評価を下すかもしれない。おそらく君が立っているのは、そういう場所だよ。つまり、その女の子にやさしくできて、惚れられるというのは、端から見ると堕落にしか見えないのだ。それでもやっていけるか。その**覚悟**があるかどうか。プロの女に惚れるということをよく認識した上で、堕ちていけ。もしそこまで度胸がないのなら、とにかくアルバイトをして、彼女を抱ける金がたまったら抱きにいく。それを繰り返すんだな。

そのうち、飽きるだろう。飽きなかったとしたら、そこには何か縁があるのだろう。

　もう一つ。プロの女というのは、相手にすべてを開いてしまったら商売にならないわけだから、**一部分だけ**を開いているものだ。その一部分だけ開いている心が全開してしまうという情況になったら、それはそれで男冥利に尽きると言ってもいい。俺自身はソープランドに行ったことがないから、その意味でのプロの女とは縁がないが、それでも今までに、本当に惚れ込んだ女は何人もいた。ただし、一所懸命にアタックして相手の心が全開した時には、**どこかしらける**部分があった。これは俺だけの経験かもしれないが、どこかしらけるんだよ。だから、自分が好きだという感情を絶対的なものだとは思わないで、プロの女とはつき合う。これが賢明だと思うな。

趣味が少ないことは、恥じるべきことですか？

僕は、他の人と比べて、趣味といえるものが少なくて困っています。もっといろいろなことに挑戦して、視野を広げたほうがいいとは思うのですが、何事に対してもあまり興味が持てません。スノーボードやライブハウスに行ってみたんですが、面白いものだとは思えませんでした。趣味が少ないことは、恥じるべきことなのでしょうか？　ここまでだと世間知らずのちっぽけな人間になってしまいそうで、心配です。

（東京都　Ｈ・Ｋ　？歳）

趣味が少ないことと、世間知らずのちっぽけな人間になることに、どういう関係があるというんだ。多趣味な人は、趣味を通じての友達がたくさんいる。だから、一見、世間が広そうに見えるが、ただそれだけのことだ。趣味が多いから、世間の本質をきちんとつかんでいるなんてことはない。

人間にとって趣味って何なんだ？　単なる遊びだろ。自分が本当に打ち込める遊びを一つ見つけてしまえば、仕事よりも熱心にやるよ。なぜなら、**遊びには目的がない**からだ。仕事には金を稼ぐという目的があり、それが達成されれば完結する。しかし、遊びには目的がないから、どこまでも続く。たとえば、焼き物にはまった奴は、「こういう作品ができたら、焼き物をやめよう」なんて考えはしない。焼き物をやっていること自体が楽しいから、いつまでも続ける。そして、その趣味を通じて、何かを得たりする。趣味とは、そういうものだ。

おまえの趣味を、俺が教えてやろう。新しい趣味を探そうとすることが、おまえの趣味だ。それは、

蛸《たこ》が自分の足を食う

ようなもので、実に不毛だ。もうちょっと生産的な趣味を持て。絵を描いてもいいし、作曲をしてもいい。とにかく、何かを作り出すようなプラスの趣味を持て。このままでは、いろいろと新しいことをやっては、これもダメ、あれもダメという風に否定の人生を送ることになるぞ。わかったか！

大学に入ってもサッカーをつづけたい！

僕は推薦で大学に合格した高校生です。プロサッカー選手をめざし、小学校から高校までずっとサッカーをやってきました。今も一人で自主トレにはげんでいます。大学に入ってからもサッカー部に入ろうと思っているのですが、うちの家庭は入学金と前期分の金しか出さず、あとは自分でなんとかやっていけといい、自分は奨学金とバイトで大学へ通おうと思っているのですが、どうしても大学でサッカーをしたいわけです。家から大学まで通うと1時間半かかり、クラブが終わった後バイトをして家に帰ったとしても夜の1時くらいになると思います。それで両親は「大学でサッカーをするのはあきらめて寮に入りバイトに専念しろ。いつまでもこの家に住みつくな」といいます。僕は今、1年間寮に入り、バイトに専念してお金をためてそれから大学でサッカーをしようと思っているのですが、1年間サッカーができないなんて耐えられません。地元のクラブチームでやろうかと考えているのですが、大学の方がいろいろな県のチームと試合ができ、大学選手権という大きな大会もあり、目標をもって練習ができます。地元のクラブチームだと1週間に2〜3日の練習しかできず、試合も地元チーム同士なのです。こんなサッカーバカの僕ですが、よきアドバイスを！

（福岡県　サッカーバカ　高校3年生）

サッカーが好きだ、大好きだ、と言うのなら、与えられた条件の中でやればいいじゃないか。アルバイトに専念して、お金を貯めてサッカーをやる。それで充分じゃないか。

俺の友人で**闘牛**の写真を撮っていた男がいる。二十年以上も前の話だ。彼はスペインに渡ったけれども金がなかった。で、いろんなことをやった。葡萄摘みやオリーブ摘みのアルバイトで、フィルムが十本買えるまで働いた。そして十本のフィルムを持って、カメラ一台をぶらさげて闘牛場に出かけた。が、戻ってきて現像をすると三分の二は写っていない。カメラは作動していても、フィルムの質が悪くて写っていないのだ。次にカメラを構えた時、彼は本当に祈ったという。**写っていろ！**　そう祈ってシャッターを切ったそうだ。その写真は下手な写真だったけれども、べつな何かが写っている。今、モータードライブをつけてカシャカシャと撮ると、きれいな闘牛の写真は撮れる。しかし、それでは何かが足りない――。

人が一所懸命になるということがどういうことなのかを、考えてみろ。君の場合は、サッカーだ。スポーツで頂点に立てるのは一人しかいない。それなのに、なぜみんな懸命にスポーツに打ち込むのか。**ベストを尽くせた**と思うことができるものだからそれはスポーツが自分でだ。打ち込んで、たとえ三流で終わったとしても、それはいいのだ。懸命に打ち込めたかどうかが大事なのだ。大学選手権が何だというのか。クラブチームで懸命にサッカーをやれ。甘ったれるんじゃねぇ！

ハードボイルド的に生きるには？

俺は先生の小説の主人公、または北方謙三に憧れている一人の男です。俺は、男はハードボイルドでなければいけないと思っています。現に俺もハードボイルドな男をめざし生きてるつもりです。しかし俺は、よく笑われます。「何、キザしているの？」と。それも女からよく言われます。最近ではハードボイルドは、相手にされないのでしょうか？　先生の考えを聞かせて下さい。

（香川県　細野通義　19歳）

君に限らず、ハードボイルドについて誤解している向きがあるので、ここでハッキリとハードボイルドとは何か、ハードボイルド小説とは何か、話しておきたい。

日本でハードボイルド小説という呼び方をすると、セックスと暴力と思いがちだ。これは間違い。ハードボイルド小説は、まさしく男の生き方を書いた小説である。

基本的に俺は、男というのは女より弱いと思っている。男が女より強いのは瞬発的な暴力だけで、耐久力から何からすべて女より男は弱いと思っている。だけども男は、はるかに女よりも強くなれる瞬間がある。

男が、自分が「男」だということに**こだわった瞬間《とき》**よ。その瞬間、男は無意味なものにでも生命を賭けたりするのだ。繰り返す。男は女よりも弱いんだけども、強いと思い込みたく、強くなろうとする。その拠って立つところは、まさしく自分の性なのだ。男だということなのだ。

男であることにこだわり、ひとつのルールみたいなものを持って生きていかなくてはいけないと思った瞬間、それはとても窮屈な生き方になるけれども、ひとつのきちんとした生き方になるのだよ。その生き方を貫き通すと、他人を傷つけたりもする。自分がズタズタになることもいっぱいある。それでも自分の傷、血がダラダラ流れている**傷口**を、卵の殻のようなもので隠して、でも俺は男なのだ、と言い切る——そんな生き方をする男を描いたのがハードボイルド小説なのだ。その場合の傷というのは一種のセンチメンタリズムだと言っていいだろう。あるいはまぎれもなく、人生の傷だと言ってもいい。どんな傷であっても、それを人前に晒さない、どこも傷ついてないような顔をして自分の生き方を貫いていく。

するとハードボイルド小説の中にあるのは、傷の痛みであり、傷の悲しさである。生きることの痛みであり、生きることの悲しさである。それらは**すべて行間にある。**言葉では書かれてないが、確かにそこにある。だから、やたら他人をぶん殴ったり、撃ち殺したりするのは、アクション小説、バイオレンス小説と呼ぶ。もっと広く解釈すれば、たとえ男と女が会話してるだけで終わる小説でも、その会話の中に自分が生きている姿勢、これからも生きていこうとする姿勢がキチンと描かれていれば、それはハードボイルド小説と言っていいと思う。

さて、そこでだ。ハードボイルドとはまさに**生きる姿勢**の問題であり、君の考えているような見せかけの恰好の問題ではないのだ。たまたま俺が恰好いいだけのこと。そのへん誤解するんじゃない。

第十章

男は根本のところで受けとめてやれ

中年になってからの「試みの地平線」

涙

この間、古い映画を見ていて、不覚にも涙を流してしまった。『ひまわり』という映画だ。人間の情愛のはかなさが、心にしみこんできてしまったのだろう。それとも、俺ももう歳か。

実は、男は泣いてはいかん、と思って俺は生きてきた。少なくとも、人前で涙を見せてはならんのだとな。十数年前、親父が死んだ時も、俺は泣く家族を見つめながら、ひとり涙を流さなかった。男だからな。自分にそう言い聞かせた。ひとりになった時、俺ははじめて涙を流した。いや、死んだ親父と二人だったか。あの時、原稿の締切に追われ、俺は親父の遺体のそばで原稿用紙にむかっていたのだった。

それ以外にも、泣いた経験は何度かある。しかし、男は泣いてはいかんのだ。涙をこらえるのが、男というものだ。これからも、俺は自分にそう言い続けて生きていくだろう。

小僧ども、おまえらも泣くな。少なくとも、人前ではな。女の前で

泣くなど、論外だ。理由はない。ただ男だから。そういうものだ。

妻に何度バレても浮気がやめられない

35歳、結婚5年目のサラリーマンです。私の悩みは浮気がやめられないことです。結婚して1年も経たないうちに最初の浮気をして、その後も複数の女性と関係を持ちました。さらに問題なのは、私はワキが甘く、必ずバレるのです。浮気相手からのメールを妻に見られ、激怒されたこともあります。「今度浮気をしたら離婚だ」と宣告されましたが、今も浮気しています。

妻には、「あなたはビョーキだ。病院に行け！」と罵《ののし》られました。先生、私はビョーキなのでしょうか。

（大阪府　I・T　35歳）

浮気自体は悪いことではない。どんなに浮気をしようが、相手の女と自分しか知らなかったら、何もなかったのと同じこと。それが**男と女の真理**だ。どんなに女房から疑われようが、「俺はやっていない」とシラを切り通せばいい。それだけの話だ。

それが必ず女房にバレてしまうというのは、ワキが甘いわけでも何でもない。ただ単に、おまえ自身がバラしたいと思っているからだ。おまえは女房に浮気がバレること自体が**快感**なんだ。そして女房から、「今度やったら離婚よ」と言われて、虐《いじ》められたいだけなんだよ。

要するに、おまえはただのMだ。だから病院に行く必要はない。

SMクラブに行け。

SMクラブに行って、女王様に思う存分に虐めてもらえ。おまえの女房がSとは、限らない。このまま浮気をしては女房にバレるということを繰り返していたら、本当に愛想を尽かされてしまうかもしれないぞ。だから、SMクラブに行け。それがおまえの欲求を満足させつつ、家庭崩壊を防ぐための唯一の方法だ。

チャットでの疑似恋愛は妻に対する裏切りですか

最近、チャットにはまっています。ネット上で見知らぬ男女が知り合う、いわゆる出会い系サイトのチャットです。そこで知り合った26歳の女のコとラブレターのようなメールの交換をしています。本名も顔も知らない女性が相手なので、気持ちをストレートに表現できるし、ちょっと大胆なことも言えちゃうところが快感です。でも私は妻を愛しており、彼女に会おうとは思っていません。あくまで疑似恋愛を楽しむつもりですが、これも妻に対する裏切りになるんでしょうか。

（福島県　恐妻家　40歳）

四十歳にもなって、おまえは一度も不倫をしたことがないのか。普通なら、十回ぐらいは女房以外の女を抱いているものだ。ただし、それは裏切りではない。夫婦の間では、どんなに不倫をしようが相手にバレなければ裏切りではないんだ。そんなこともわからないような四十歳だったら、これはもうどうしようもない。もう一回、青春をやり直す必要がある。

ソープに行け。ソープに行って、罪の意識をいっぱい背負ってこい。「ほかの女とカネでやってしまった」。そういう罪の意識をいっぱい背負うと、いまよりも女房にやさしくなれるはずだ。そうすれば、夫婦関係も円満にいく。つまり、裏切りこそが夫婦円満の源なんだ。わかったか！

部下の女性たちをどう扱えばいいかわからない

うちの会社の若いＯＬたちはオンとオフの使い分けがまったくできていません。仕事中の私語はお構いなし。職場で私用のメールを打っている子もいて、まるで学校の延長みたいです。

しかし私は、彼女たちを叱ることができません。正直言うと、嫌われたくないという思いがあるからです。実は私はハゲています。彼女らが私のことを陰で「ハゲ」と呼んでいることも知っています。立場を利用して仕返ししてやりたい気持ちもありますが……。彼女たちをどう扱えばいいか、アドバイスをお願いします。

（愛知県　迷えるハゲ　45歳）

管理職の心得

人生は憎まれることに価値がある。そう思い定めて、まずは徹底的に憎まれろ。どうせ嫌われるんだから、徹底的に厳しくやってやれ。そして、切れそうになった女がいたら、スッと優しくしてやる。そういう扱い方をすれば、ハゲであろうが何であろうが惚れられる可能性はある。これは、男と女の関係と同じだ。普段は厳しく、ときに優しく。それが、女を扱う極意だ。そのさじ加減がわかれば、厳しいけれどいい上司になれるだろう。

戦時中、軍隊には鬼軍曹と呼ばれた上官がいた。なぜそう呼ばれたのか。戦争に行って自分の身の守り方を知らなかったら、すぐに死んでしまう。だから、部下たちを容赦なく鍛えたんだ。それで多くの新兵は身の守り方を覚え、死なずに済んだ。おまえも鬼軍曹になってみろ。それがだ。わかったか！

一人息子がニートになってしまった

一人息子のことで悩んでいます。息子は一昨年、大学を卒業。今年、25歳になるのですが、就職もせず、家でゴロゴロしています。そう、いわゆる〝ニート〟になってしまったのです。

大学を卒業するまでは、問題のない息子でした。成績も良かったですし、親に逆らうこともありませんでした。大学を卒業し、「親としての役割も一区切りついた」とホッとしていたのですが、こんなことになるなんて夢にも思いませんでした。いまはまだ私が現役なので暮らしていけますが、将来のことを考えると、とても心配です。


（埼玉県　平凡な会社員　53歳）


もし俺がそういう立場に立たされたら、息子を家から追い出す。あるいは、仕事を辞めて息子と二人で旅に出て、自分たちの口を養ってみる。そのどちらかだ。「おまえが出ていくか、俺と一緒に旅に出るか」と、息子に**二者択一**を迫るだろう。

それぐらいのことをやらないと、息子や娘とは正対できないと、俺は思う。親として子供と正対してしまうと、説教しか出てこない。だから、一対一の人間として**正対する**しかないんだ。そうやってはじめて言葉のリアリティや存在の迫力が出てくる。それを子供に感じさせない限り、子供にとっては都合のいいバカ親父のままだ。

五十三歳で自分の人生を捨ててみろ。カッコいいぞ。もちろん大変だとは思うが、非常に人間的ではある。ただし、「どうしてもやれ」と五十三歳の男に向かっては言わない。自分で決めろ。「俺だったらこうする」ということを言ったまでの話だ。よく覚えておけ。

何者だあ

俺は一体何者なんだろう。

最近、時々そう考える。新聞には新刊の広告が出ているし、街を歩いていれば、顔を知っているやつがいて、俺を呼び捨てで呼んだりする。だからって、俺はほんとに北方謙三なのか。いや、北方謙三というやつは、そもそも何者なのか。

こんなことを考えはじめるとキリがないのだが、時には考えてみることも必要なのだ。そう思わないか。自分のことを、ほんとは知っているようでなにも知らない。それが人間ってやつじゃないかね。北方謙三は、ほんとに俺が思っているような北方謙三なのか。もしかすると、世間のやつらが言っている北方謙三を、ほんとうの自分だと思いこもうとしているのではないか。

こんな思いが、実は俺に小説を書かせている部分でもあるのだ。自分が何者なのか、確かめようとしているところもあるのだ。

おまえら、自分が何者なのか確かめる方法を持っているか。持っていなくてもいいいい。

だがな小僧ども、問いかけることだけは忘れるな。俺は何者なのだと。

確かめる方法は、そのうち見つかるさ。

自分のセックスに自信を失ってしまった

つい先日のことです。「おまえはどんな時にセックスしたいと思うの?」と冗談半分で女房に訊いてみたところ、「結婚して以来、自分からしたいと思ったことは一度もないわ」と言われてしまいました。正直いって、ショックでした。結婚して10年になりますが、私は妻を悦ばせていなかったということなのでしょうか。妻の一言で自分のセックスというものにすっかり自信を喪失してしまい、それ以来、妻とはセックスしてません。離婚までは考えていませんが、これからどのような夫婦生活を送ればいいのでしょうか。ちなみに私は早漏気味で包茎です。

(兵庫県 T・Y 39歳)

これは、おまえに対する**不満の表明**だ。おまえの女房はセックスをしたくないんじゃない。「あなたとのいまのようなセックスはしたくない」と言っているんだ。

おそらく、おまえの女房はイッていない。三十代、四十代の女は**やり盛り。**一度イクということを覚えたら、セックスしたくてしたくてしょうがないはずだ。だから、女房をイカせるためにあらゆることをやってみろ。耳元で「愛している」と囁《ささや》く。大人のオモチャを使う。縄で縛る。ありとあらゆることをやって、女房をイカせることができたら、おまえも自信を取り戻せるだろう。

ただし、一言忠告しておく。女**鳴く女**にする。そこまではいいが、その先が大変だ。女房を完璧にイケて、すごい声で**鳴く女**ぞ。どんどんセックスが良くなってきた女房に迫られ、ヒイヒイ悲鳴をあげて、「もう勘弁してくれ」というようなことになりかねない。おまえは、老人になるまでそれに耐えていけるのか。女房がセックスしたくないというなら、若い**ピチピチの姉ちゃん**をつかまえたらどうだ。早漏で包茎だろうが、そんなこと関係なくやってみろ。俺はそっちのほうがずっと楽だし、気持ちいいと思うがな。

カネに追われる日々に疲れ果ててしまった

私は町の印刷会社の社長です。といっても社員は5人、10年前に父が死んで継いだだけの会社です。私はこの10年、不景気に苦しみ、資金繰りのことばかり考えて生きてきました。家でもイライラすることが多く、15歳になる息子はそんな私を尊敬していないようです。「大学を出て弁護士になる」などと言い出し、工場を継ぐ気もないようです。妻も会社の役員になっていますが、資金繰りがうまくいかないことで口論が絶えません。いまも不渡りを出しそうで、頭を抱えています。

先生、私は何のために生きているのでしょうか。カネに追われ、何も楽しいことがないまま死んでいくのでしょうか。それならいっそ今死んで、保険金で妻子を楽にしてやろうかなどと思います。もう疲れ果ててしまいました。

（大阪府　社長はつらいよ　53歳）

保険金目当てに死のうと思うぐらいならば、**廃業しろ。**廃業して、普通に給料をもらえる仕事をすればいい。そうすれば、資金繰りや不渡りの心配はなくなる。五十三歳だったら、まだ体を使った仕事もいくらでもできるだろう。人間はどこかで自分の人生に見切りをつけて別な方面を向くと、いろんなものが拓《ひら》けることがある。このままの状態で生きるのが死ぬほど嫌なんだったら、廃業して違う世界を拓いていくしかない。

社長というプライドなんてモノは、**屁**の突っ張りにもならない。そんなものとっとと捨ててしまえ。もっと生きることに情熱を持つことだ。情熱を持って、積極的に新しいものを探していく。絶えず触角を伸ばして考えて、自分の感性も新しくしていく。そういうことをやらない限り、一生、代表取締役社長という肩書をつけた、金に困ったオジサンで終わってしまう。同輩よ、もうちょっと前向きに生きてみようぜ。

不倫相手が妊娠してしまった

私は結婚5年目のサラリーマンで、息子が一人います。恋愛結婚した妻との仲は良好で、家庭には何の不満もありません。でも実は、私には妻と結婚する前から10年間も関係が続いている女性がいます。結婚後は不倫なわけですが、その女性のことで、いまとても悩んでいます。その女性が私の子を妊娠してしまったのです。当然、堕ろすだろうと思っていたら、「もう35歳だし、産みたい。あなたに迷惑はかけない」と言われました。私としては自分の家庭がもちろん大切ですから、産んでもらうわけにはいかないと思い、やんわりそう伝えました。すると、「あなたがそういうことを言うなら、私たちのこれまでの関係を奥さんにすべてバラす」と彼女が逆上したのです。彼女をどうやって説得すればいいのでしょうか。教えてください。

（東京都　不倫男　38歳）

「奥さんにすべてバラす」などと、女にそこまで言わせるな。いいか、その言葉は女が言ったんじゃない。**おまえが言わせた**んだ。女は壊れると、そういうことを言いたがるもんだ。だが、言わせてはいかんのだ。それが**男の器量**だ。二十八歳から十年付き合ってきた女に子供ができて、「産みたい」と言われたら、産ませて認知するしかない。それが男の道だ。

女房にバレたら土下座して謝るしかないが、不倫相手には「認知はするが、絶対に女房にバラさないでくれ」と頼み込め。根本のところは男らしくしていれば、些細なところで悪知恵を働かせてもいい。俺は、その**姑息さは許す。**

ただし、根本のところから逃げようとはするな。もっと泥沼にはまり込むことになる。かわいそうだけど、苦労しろ。男が根本のところでドンと受け止めてやれば、女はある程度の無理は許してくれるはずだ。

君の人生の幸運を祈っているぞ。

子供のころからの夢だった画家になりたい

私は地方の金融関係会社に勤めるサラリーマンです。自分で言うのもなんですが、入社以来30年、まじめに仕事に取り組んできたつもりです。給与や待遇にも不満はありません。

ただ、私には子供のころから抱いている夢があります。それは、画家になることです。これまでも時間を見つけては絵を描いてきました。描いた作品がコンクールで入賞したこともあります。ただ、それはアマチュアの域を出ません。私は、すべての時間を絵を描くことに費やし、プロとしてやっていきたいのです。おかげさまで一人娘は昨年結婚し、家を出ました。いまは妻と二人ですから、これまでの蓄えで1〜2年はなんとかやっていけると思います。ここは思い切って仕事を辞め、絵を描くことに打ち込みたいと思うのですが、どう思われますか?

（長崎県　夢追い人　55歳）

小説の新人賞の選考をやっていると、会社を定年退職するぐらいの年齢の人が、「ずっと小説を書いていました」とよく応募してくる。作品を読んでみると、たしかにそこそこうまいが、何か足りない。なぜか。自分を投げ出して表現してこなかったからだ。

ものを創り出すことを生業《なりわい》とする者は**破滅の淵**を通り抜けた人間だ。本当のプロというのは、二十代のときから組織に寄りかからず一人きりで、食うや食わずの生活をやってきているんだ。ちゃんとした企業に勤めて、空いた時間に絵を描いてきた者の絵と、二十代からそれだけをやってきた者の絵と二つを比べたら、歴然と違うものがある。それは自分の**人生を棒に振る覚悟**を持ったかどうか。その差だと思う。

俺も自分を投げ出して、自分を投げ出した。安定を選ばずに、下手をすると破滅という道を選んで小説を書き続けた。だから、職業にすることができたんだ。

これからでも遅くはない。すべてを放り出して描いてみろ。蓄えなんかで絵を描いているようじゃダメだ。街に出て人の似顔絵を描こうが、看板を描こうが、とにかく絵を描くことでカネを稼ぐという気概を持つことだ。それでも、やっと食っていけるまであと三十年はかかるだろう。人が十代の頃からやっていることを、おまえは五十五歳から始めるのだからそれは仕方がない。**八十五歳**でやっと絵だけで食っていけるようになる。それからがおまえのプロとしての画家生活だ。

宝もの

公園を散歩していて、若いやつに会った。夕方だというのに、左官の道具を出して並べていた。いまから仕事かよ、と俺が訊くと、彼はにこりと笑って、道具の手入れです、と答えた。これは、ぼくの宝ものですから。

そうか、宝ものか。俺はなにか、たまらなく豊かなものに出会った気分になったね。それ以上の言葉は交わさなかったが、道具を一心に手入れしているそいつは、実にいい眼をしていた。こんなやつも、いるんだな。

宝ものを持っているか、小僧ども。人にむかって、これがぼくの宝です、と言えるものを持っているか。俺は、あの青年に、人の尊さを感じた。生きることの意味は、言葉だけでは表現できない、とも教えられた。

俺の家の近所の公園、ヴェルディ川崎のホームグラウンドのそばで、道具の手入れをしていた左官君。また、どこかで会いたいな。難しい話なんかせずに、一杯やれそうな気がしているよ。とびきりうまい、人生の酒を。

教育に執着する妻にブレーキをかけたい

我が家は、小学5年の長男、小学2年の長女、36歳の妻、そして私の4人家族です。中学受験を目指している長男は、週3日、進学塾に通っていて、夜10時頃に帰宅します。それ以外の日も毎日最低5時間は机に向かっていて、ほとんど遊ぶ時間はありません。

一方、娘も3歳のときから始めたピアノをはじめ、英会話、クラシックバレエ、水泳と毎日のように習い事があり、友達と遊ぶ時間がなくなっています。私が「もっと遊ばせてあげないとかわいそうだ」と言っても、妻は「勉強癖は小さい頃から養わないと」、「変な子と友達になったら困る」などと反論し、子供の話になるといつも喧嘩になります。妻にブレーキをかける方法はないものでしょうか。

（東京都　H・S　39歳）

おまえら夫婦は**セックスレス**に違いない。セックスレスでも、男は外で欲求不満を解消することができる。しかし、女はなかなかそれができない。そのときの代替が何かと言えば、教育に執着することなんだ。だから、教育ママをやっている女は、大体において亭主にしょっちゅう抱かれていない。

俺は五十過ぎまでちゃんとがんばっていた。だから、女房が教育に執着することはなかった。教育熱心と教育に執着するのは違う。教育に執着して、他のことに対する視野がなくなってしまうのは、**性的な欲求不満**が原因に違いない。俺はそう思う。人間にとって究極の欲求不満は性的な欲求不満だ。悲しいけれど、人間というのはそういう動物なんだ。そんな欲求不満のために子供を犠牲にしてはいけない。

週に三回、女房を抱け。子供だって週三回塾に通っているんだろ。だったら、どんなに大変でも**週三回**は女房を抱け。そうしているうちに、女房も、だんだんと「もう子供のことなんてどうでもいいわ」と思うようになっていくはずだ。

嫁入り前の娘の夜遊びをやめさせたい

間もなく成人を迎える娘のことで相談します。いくら注意しても、夜遊びをやめないのです。夜遊びを始めたのは、高校1年の夏頃からでした。行き先も告げずに家を出ていき、深夜に帰宅。そんな生活を繰り返すようになりました。高校はなんとか卒業し、美容関係の仕事に就きましたが、夜遊びは今もやめていません。帰宅が午前様になることもしばしばです。

特定の交際相手もいるようですが、まだ嫁入り前の娘ですし、健康面でも心配でたまりません。どうすれば夜遊びをやめさせられるのでしょうか。

（東京都　悩める父　45歳）

おまえの娘は、夜ごと男漁りをして、取っ替え引っ替え違う男とやっているのか。それならば、「変な病気をもらったりしないか」、「事件に巻き込まれたりしないか」と心配にもなるだろう。でも、特定の交際相手がいるならば、夜遊びをしようが、朝帰りをしようが、別にいいじゃないか。

おまえの頭は、新しい価値観に対応できていない。そもそも「嫁入り前の娘」という発想がおかしい。嫁入り前の娘だからこそ、いろんな男を知り、

男を見る目

を養ってからのほうが、本当に自分を幸せにしてくれる男を結婚相手として選ぶことができる。客観的に考えたら、知ったほうがいいんじゃないか。いろんな男を知り、

そっちのほうがいいに決まっている。

娘のことが可愛くて仕方ないのはわかる。でも**いい女**になっていく過程が昔といまでは違うんだ。昔は料理ができて家事ができて、亭主に対して貞淑な女が、「いい女」と呼ばれていた。でも、いまそういう女をいい女と呼ばない。「ニブい」と言うだけだ。

むしろ、嫁入り前にどれぐらいがんばったかで、結婚後の人生が変わるんだ。「嫁入り前なのに」という発想を捨てろ。「嫁入り前の娘だからこそ、いろんな男を知っていることはいいことなんだ」と思い直せ。そして、娘には、「嫁入り前だからこそがんばれ」と言ってやれ。

それぐらいの**プラス思考**で娘を見守ってやることだ。

キャバクラ嬢に恋をしてしまった

キャバクラ嬢に本気で恋をしてしまいました。容姿ももちろん可愛いのですが、なにより性格が抜群にいいのです。今まで何人かの女性と付き合ったことがありますが、彼女ほど私を気遣ったり励ましたりしてくれた人はいません。いまは毎日のようにその子のもとに通いつめています。

毎月20万円ほどの出費はたしかに痛いですが、彼女と会うためならばそれも仕方ありません。人は「ダマされているだけだ」と言うかもしれませんが、私は本気です。近々、彼女にプロポーズしようとも考えています。こんな私は、おかしいでしょうか？

（千葉県　K・I　38歳）

ソープに行け。

キャバクラ通いに月二十万円遣っているのならば、それをそっくりそのままソープに費やせ。それだけあれば、結構高級な店で若くていい女とやれるはずだ。二ヵ月間、四十万円遣って、十人の女とやってみろ。その間、キャバクラには一切行くな。そして、二ヵ月後、そのキャバクラに行き、その子がどういうふうに見えるか試してみろ。それでおまえの本当の気持ちがわかるはずだ。

もう一度言う。ソープに行け！

伝説復活編　あとがき

毎号、相当な量の手紙が来た。連載が数年を経たころから、葉書が少なくなり、封書が増えた。つまり相談の事項が細部にわたり、具体的になり、必然的に便箋《びんせん》数枚にびっしり、ということになったのだ。思わず返事を書きたくなる内容のものも、時々あった。誌面上の対話が約束事だったから、結果としてそういう手紙は無視することになった。雑誌である以上、相談事の紙数も限られているので、掲載できずに終ったものも少なくない。

なぜ、十六年も続けたのか。答は簡単である。相談の手紙が、尽きることがなかったからだ。そしてそれらに対し、私は真剣であった。対等の友人に議論を挑まれた、という気分が強かったのだ。時には頭ごなしに罵《ば》詈《り》を投げつけることもあったが、それも相手との距離を取り払うという意識が、強く作用したのだと思う。

この長い連載企画で、私が唯一自負しているのは、常に真剣であったということだ。真剣であるがゆえに、相手を傷つけることもあったと思う。生きていれば、傷はつくのだから、ここで妥協した答などせず、思った通りのことを言う。恨まれたとしても、傷もまた人生の糧になるのだと、私は信じて疑わなかった。

あのころ私が小僧と呼んでいた読者たちが、そこそこにいい年齢になっている。時には、仕事で直接関係のある若い編集者が、愛読していました、と言ってきたりもした。サイン会などをやると、あの企画の読者が、私の本の読者になって現われるということも、しばしば経験した。いまでも、そういう読者とは、即座に対話が成り立つ。

私は、なぜあれほど真剣だったのだろうか。あの企画の読者に会うたびに、私はよくそれを考えた。

なにを、伝えたかったのか。

対話であるがゆえに、私には伝えようというものがあり、なんとかそれを言葉にしようとしてきたはずだ。

それがなんだったのか、最近になって少しずつ見えてきている。私は、かつて自分の青春で持った熱さを、なんとかして伝えようとしていたのだろう。漠然としているが、その熱さは、いまはすでに失われ、思い出として私の内部に残っている。そしてその熱さが、人生において無上に大切なものだった、という思いもある。

相談者の手紙の中に、その熱さを感じることは、少なかったと思う。もっと熱くなれ。燃えてみろ。それでなければ、決して見えてこない青春の本質というものが、間違いなくあるのだ。私は具体的な相談に対する回答の裏側に、常にその思いをこめていたと思う。

私の思いが、どう伝わったかわからない。熱さなど、なんの役に立つのだ、と考えていた若者は多いだろう。それでも、私は真剣に言い続けた。その真剣さだけは、伝わったのだと思う。

十六年という歳月は、長い。当時十六歳だった少年は、連載終了時には、三十二歳になっていたことになる。その分、私も歳をとったのだろう。読者の兄貴分のつもりが、いつの間にか親父の代りという気分になっていることに、愕然《がくぜん》としたものだ。

時は移る。人がいる場も、また変る。私は小説家で、その意味においてあまり大きな変化はしていないが、それでも連載をはじめたころを思い出せば、ずいぶんと変ったものだと思う。心身の成長期にあった読者の変化は、私の比ではないだろう。

しかし、悩みの本質は、どこも変っていないと断言できる。少なくとも、十六年間、悩みの傾向が変った、という気はしなかった。もっと言えば、私が読者ぐらいの年齢の時に抱いた悩みとも、大して変っていない。

人は、人生で、それぞれ具体相は違うものの、本質的には同じ悩みを抱えて、成長を遂げるのだろう。私は、十六年間の回答で、若かったころの自分に言っている、と感じたことが何度もあった。

とまれ、こういう本ができた。

私の回答に、普遍性と真実があるかどうかは別として、悩みそのものの根底には、間違いなく普遍的なものがある。

いまの若者がこれを読んでも、決して古くは感じない、と私は思う。むしろ、あのころ生の言葉で語っていた分だけ、リアリティがある、と考えてもいいかもしれない。

悩みを語るのはいい。選択肢を考えるのもいい。人の意見を聞くのも、勿論いい。しかし、最後に決めるのは自分で、結果に責任を持つのも自分である。

十六年間、私はそれだけを言い続けてきたのだ、といましみじみと思っている。

二〇〇五年十二月

北方謙三

写真／永井　守　p.14
西村めぐみ　p.23，p.109，p.159
熊谷　貫　p.31，p.85，p.116，p.204，p.234
成清光宏　p.34，P.83，p.94
林いず美　p.37，p.118，p.227
平賀正明　p.47，p.89，p.121
渡邉高士　p.50，p.125
青木由希子　p.59，p.101，p.129
久間昌史　p.61，p.161
奥村健太郎　p.67
松村秀雄　p.79，p.152
横山正美　p.81，p.133，p.139，p.219
澁谷高晴　p.136
神田正人　p.147
小越健太　p.165
牧田健太郎　p.169，p.209
大嶽恵一　p.176，p.207，p.213，p.225
但馬一憲　p.181
斎藤　浩　p.196
張替　剛　p.203
小澤義人　p.215
取材／野々山義高
水品壽孝
本文デザイン／柳川昭治
協力／日本推理作家協会
日本冒険作家クラブ

連載／青春人生相談「試みの地平線」
「ホットドッグ・プレス」1986年1月10日号〜2002年6月10日号
「試みの地平線・中年版」「ミドル編」
「週刊現代」2005年4月9日号、9月3日号

この本は、「ホットドッグ・プレス」誌上での16年間395回の「試みの地平線」全連載から名問答を抜粋し、今回あらたに構成したものです。また「週刊現代」掲載の「中年版」からの問答を、第10章として加えています。

なお、1988年11月には『試みの地平線』（93年12月に＋α文庫に収録）が、90年11月には『続・試みの地平線』が単行本として小社より刊行されています。本書はその内容の一部をふくみます。

長期間にわたり、ご質問をお寄せいただいた数多くの皆さまに感謝いたします。

|著者|北方謙三　1947年佐賀県唐津市生まれ。中央大学法学部卒。'70年「明るい街へ」でデビュー。'81年『弔鐘はるかなり』でハードボイルド小説に新境地を開く。'83年『眠りなき夜』で日本冒険小説協会大賞、吉川英治文学新人賞、'85年『渇きの街』で日本推理作家協会賞を受賞。'89年『武王の門』で歴史小説に挑み、'91年『破軍の星』で柴田錬三郎賞、さらに近年は『三国志』など中国小説での活躍も目覚ましく、2004年『楊家将』(PHP研究所)で吉川英治文学賞に、'06年には『水滸伝』全19巻(集英社)で司馬遼太郎賞に輝いた。'09年日本ミステリー文学大賞受賞が決まる。近著に『楊令伝』『岳飛伝』(ともに集英社)、『史記』(角川春樹事務所)、『望郷の道』(幻冬舎)など。14年ぶりに書き下ろした『抱影』(講談社文庫)も好評。

試《こころ》みの地《ち》平線《へいせん》〈伝説復活編《でんせつふっかつへん》〉

北方謙三《きたかたけんぞう》

2006年1月15日第1刷発行
2023年12月20日第10刷発行

発行者――森田浩章
発行所――株式会社　講談社
東京都文京区音羽2-12-21　〒112-8001
電話　出版　(03) 5395-3510
　　　販売　(03) 5395-5817
　　　業務　(03) 5395-3615

Printed in Japan

講談社文庫
定価はカバーに
表示してあります

KODANSHA

デザイン―菊地信義
本文データ制作―講談社デジタル製作
印刷―――株式会社KPSプロダクツ
製本―――株式会社国宝社

ISBN4-06-275287-5

講談社文庫刊行の辞

二十一世紀の到来を目睫に望みながら、われわれはいま、人類史上かつて例を見ない巨大な転換期をむかえようとしている。

世界も、日本も、激動の予兆に対する期待とおののきを内に蔵して、未知の時代に歩み入ろうとしている。このときにあたり、創業の人野間清治の「ナショナル・エデュケイター」への志を現代に甦らせようと意図して、われわれはここに古今の文芸作品はいうまでもなく、ひろく人文・社会・自然の諸科学から東西の名著を網羅する、新しい綜合文庫の発刊を決意した。

激動の転換期はまた断絶の時代である。われわれは戦後二十五年間の出版文化のありかたへの深い反省をこめて、この断絶の時代にあえて人間的な持続を求めようとする。いたずらに浮薄な商業主義のあだ花を追い求めることなく、長期にわたって良書に生命をあたえようとつとめるところにしか、今後の出版文化の真の繁栄はあり得ないと信じるからである。

同時にわれわれはこの綜合文庫の刊行を通じて、人文・社会・自然の諸科学が、結局人間の学にほかならないことを立証しようと願っている。かつて知識とは、「汝自身を知る」ことにつきていた。現代社会の瑣末な情報の氾濫のなかから、力強い知識の源泉を掘り起し、技術文明のただなかに、生きた人間の姿を復活させること。それこそわれわれの切なる希求である。

われわれは権威に盲従せず、俗流に媚びることなく、渾然一体となって日本の「草の根」をかたちづくる若く新しい世代の人々に、心をこめてこの新しい綜合文庫をおくり届けたい。それは知識の泉であるとともに感受性のふるさとであり、もっとも有機的に組織され、社会に開かれた万人のための大学をめざしている。大方の支援と協力を衷心より切望してやまない。

一九七一年七月

野間省一

加藤千恵　この場所であなたの名前を呼んだ
神楽坂　淳　うちの旦那が甘ちゃんで　2
神楽坂　淳　うちの旦那が甘ちゃんで　3
神楽坂　淳　うちの旦那が甘ちゃんで　4
神楽坂　淳　うちの旦那が甘ちゃんで　5
神楽坂　淳　うちの旦那が甘ちゃんで　6
神楽坂　淳　うちの旦那が甘ちゃんで　7
神楽坂　淳　うちの旦那が甘ちゃんで　8
神楽坂　淳　うちの旦那が甘ちゃんで　9
神楽坂　淳　うちの旦那が甘ちゃんで　10
神楽坂　淳　うちの旦那が甘ちゃんで〈鼠小僧次郎吉編〉
神楽坂　淳　うちの旦那が甘ちゃんで〈寿司屋台編〉
神楽坂　淳　うちの旦那が甘ちゃんで〈飴どろぼう編〉
神楽坂　淳　帰蝶さまがヤバい　1
神楽坂　淳　帰蝶さまがヤバい　2
神楽坂　淳　ありんす国の料理人　1
神楽坂　淳　あやかし長屋〈嫁は猫又〉
神楽坂　淳　妖怪犯科帳〈あやかし長屋2〉

加藤元浩　捕まえたもん勝ち！〈七夕菊乃の捜査報告書〉
加藤元浩　量子人間《クオンタムマン》からの手紙〈捕まえたもん勝ち！〉
加藤元浩　奇科学島の記憶〈捕まえたもん勝ち！〉
梶永正史　銃の啼《な》き声〈潔癖刑事・田島慎吾〉
梶永正史　潔癖刑事　仮面の哄笑《こうしょう》
川内有緒　晴れたら空に骨まいて
柏井　壽《ひさし》　月岡サヨの小鍋茶屋〈京都四条〉
神永　学　悪魔と呼ばれた男
神永　学　悪魔を殺した男
神永　学　青の呪い〈心霊探偵八雲〉
神津凛子　スイート・マイホーム
神津凛子　ママ
神津凛子　サイレント　黙認
加茂隆康　密告の件、Mへ
岸本英夫　死を見つめる心〈ガンとたたかった十年間〉
北方謙三　試みの地平線〈伝説復活編〉
北方謙三　抱影
菊地秀行　魔界医師メフィスト〈怪屋敷〉
桐野夏生　新装版　顔に降りかかる雨

桐野夏生　新装版　天使に見捨てられた夜
桐野夏生　新装版　ローズガーデン
桐野夏生　OUT(上)(下)
桐野夏生　ダーク(上)(下)
桐野夏生　猿の見る夢
京極夏彦　文庫版　姑獲鳥《うぶめ》の夏
京極夏彦　文庫版　魍魎《もうりょう》の匣《はこ》
京極夏彦　文庫版　狂骨《きょうこつ》の夢《ゆめ》
京極夏彦　文庫版　鉄鼠《てっそ》の檻《おり》
京極夏彦　文庫版　絡新婦《じょろうぐも》の理《ことわり》
京極夏彦　文庫版　塗仏《ぬりぼとけ》の宴《うたげ》—宴の支度
京極夏彦　文庫版　塗仏の宴—宴の始末
京極夏彦　文庫版　百鬼夜行—陰
京極夏彦　文庫版　百器徒然袋—雨
京極夏彦　文庫版　百器徒然袋—風
京極夏彦　文庫版　今昔続百鬼—雲
京極夏彦　文庫版　陰摩羅鬼《おんもらき》の瑕《きず》
京極夏彦　文庫版　邪魅《じゃみ》の雫
京極夏彦　文庫版　今昔百鬼拾遺—月

京極夏彦　文庫版 死ねばいいのに
京極夏彦　文庫版 ルー＝ガルー〈忌避すべき狼〉
京極夏彦　文庫版 ルー＝ガルー2〈インクブス×スクブス　相容れぬ夢魔〉
京極夏彦　文庫版 地獄の楽しみ方
京極夏彦　分冊文庫版 姑獲鳥《うぶめ》の夏 (上)(下)
京極夏彦　分冊文庫版 魍魎《もうりょう》の匣《はこ》 (上)(中)(下)
京極夏彦　分冊文庫版 狂骨《きょうこつ》の夢《ゆめ》 (上)(中)(下)
京極夏彦　分冊文庫版 鉄鼠《てっそ》の檻《おり》 全四巻
京極夏彦　分冊文庫版 絡新婦《じょろうぐも》の理《ことわり》 全四巻
京極夏彦　分冊文庫版 塗仏《ぬりぼとけ》の宴《うたげ》　宴の支度《したく》 (上)(中)(下)
京極夏彦　分冊文庫版 塗仏《ぬりぼとけ》の宴《うたげ》　宴の始末《しまつ》 (上)(中)(下)
京極夏彦　分冊文庫版 陰摩羅鬼《おんもらき》の瑕《きず》 (上)(中)(下)
京極夏彦　分冊文庫版 邪魅《じゃみ》の雫 (上)(中)(下)
京極夏彦　分冊文庫版 ルー＝ガルー〈忌避すべき狼〉(上)(下)
京極夏彦　分冊文庫版 ルー＝ガルー2〈インクブス×スクブス　相容れぬ夢魔〉(上)(下)
北森鴻　親不孝通りラプソディー
北森鴻　花の下にて春死なむ〈香菜里屋シリーズ1〈新装版〉〉
北森鴻　桜宵〈香菜里屋シリーズ2〈新装版〉〉
北森鴻　螢坂〈香菜里屋シリーズ3〈新装版〉〉

北森鴻　香菜里屋を知っていますか〈香菜里屋シリーズ4〈新装版〉〉
北村薫　盤上の敵〈新装版〉
木内一裕　藁の楯
木内一裕　水の中の犬
木内一裕　アウト&アウト
木内一裕　キッド
木内一裕　デッドボール
木内一裕　神様の贈り物
木内一裕　喧嘩猿
木内一裕　バードドッグ
木内一裕　不愉快犯
木内一裕　嘘ですけど、なにか？
木内一裕　ドッグレース
木内一裕　飛べないカラス
木内一裕　小麦の法廷
北山猛邦　『クロック城』殺人事件
北山猛邦　『アリス・ミラー城』殺人事件
北山猛邦　私たちが星座を盗んだ理由
北山猛邦　さかさま少女のためのピアノソナタ

北康利　白洲次郎　占領を背負った男 (上)(下)
貴志祐介　新世界より (上)(中)(下)
岸本佐知子 編訳　変《ヘン》愛《アイ》小説集
岸本佐知子 編　変愛小説集　日本作家編
木原浩勝　文庫版 現世怪談《うつしよかいだん》(一)　主人の帰り
木原浩勝　文庫版 現世怪談(二)　白刃の盾
木原浩勝　増補改訂版 もう一つの「バルス」〈―宮崎駿と『天空の城ラピュタ』の時代―〉
喜国雅彦 国樹由香　メフィストの漫画
喜国雅彦 国樹由香　本格力〈本棚探偵のミステリ・ブックガイド〉
清武英利　石つぶて〈警視庁　二課刑事の残したもの〉
清武英利　しんがり〈山一證券　最後の12人〉
清武英利　トッカイ〈不良債権特別回収部〉
喜多喜久　ビギナーズ・ラボ
岸見一郎　哲学人生問答
木下昌輝　つわもの
黒岩重吾　新装版 古代史への旅
栗本薫　新装版 ぼくらの時代
黒柳徹子　窓ぎわのトットちゃん 新組版
倉知淳　新装版 星降り山荘の殺人

2023年9月15日現在